Stadecken-Elsheim 1996

Inhaltsverzeichnis

Vorword

„Gude!“
Korz un knabb is unsern rhoihessische Gruß.
Gude, des haaßd - Guten Morgen, Guten Tag, Guten Abend orre aach Gute Nacht. Meer Rhoihesse soin schbarsam mit unsere Worde. Wo's irgend geht werd abgeknabbd. Manchmol kimmts oom vor als wann mer fer die Worde Schdeier bezahle mißd. Schunn Hans-Jörg Koch hot in soim kesdliche Bichelche „Horch emol“ e paar trefflische Beischbiele oogefiehrd.
Des treffendsde is wohl „Hä“, was fer - „Entschuldigen Sie bitte, ich habe sie nicht verstanden, würden Sie den Satz wiederholen“ - schdehd.
Doch zurick zum „Gude.“
Mit Gude hot mer frieher aach de Gude Woi - also den wo zuerschd an de Kelder runnergelaaf is - gemoond. Un der is nor ausnahmsweis beim Erzeuger uff de Disch kumm. Fer alle Dag hot misse de sogenannde Drinkwoi, Aschbes, Rambass, Leier, orre wie er sunsd noch gehaaß hot, herhalle.
Hot mer frieher Ooner mit Gude gegrießd, hot mer net selten zur Andword kried: „Is besser wie Drinkwoi!“ Heit gibts nor noch Gude, es gibt jo genug, was soll mer also den dinne Raddegackel drinke. Hot mer e paar Halwe indus, verabschied mer sich mit „Alla Gude!“ - was fer Auf Wiedersehen schdehd.
Bei de Verabschiedung setzt mer also des „Alla“ devor, iwwernumm vum franzeesische „allons“ orre „allez“.
Koo Wunner, beim Woi triffd mer sich jo gern widder.
Bis bald, „Alla Gude!“

Uff un ab in Rhoihesse

E Ziel muß mer hunn

Das Wandern ist des Müllers Lust!
so haaßd's imme alde Volkslied. Heit hot net nor de Müller Lusd am Wandern. Aach Meier, Schulze, Hinz orre Kunz hunn werre Schbaß am Wandern gefunn. So hot aach de Karl amme scheene Summerdag die Wanderlusd gepackd. No Unnerwiesbach, so harrer sich vorgenumm wolld er laafe. Unnerwiesbach, korz hinner Owwerwiesbach, am Wiesbach gele'e.
In de halb Welt war er schun - de Karl - awwer in Unnerwiesbach war er noch net. Awwer was solls, horrer sich gesaad, des kenne mer nohole. De Weg war em net genau bekannt, awwer er hot gedenkt, daß des jo wohl koo Schwierischkeide mache derfd, den zu finne.
Frohen Muts isser losgang un hot debei des alde Wanderlied vor sich hiegesummt: „Das Wandern ist des Müllers Lusd!"
Summe dud mer nadeerlich ohne Texd. Also nor mh, mh, mh. Bald issem awwer die Lufd ausgang, weil's zuneegschd schdeil berchuff gang is, un des e paar Kilomeder weit. Des schlauchd Oom ganz schee. So is de Karl als emol schdehe blebb um zu verschnaufe. Beim Verschnaufe do denkt mer als emol zurick an friehere Zeide. Em Karl is dodebei soi Jugendzeit in de Sinn kumm.

> Wohnungsnot, Armut un Hunger, so wars die erschd Zeit. Dann awwer isses lang, lang berchuff gang. Beschwerlich wars, awwer es is hald vorwärts gang. Viel Arwet hatt mer un Sorje mit de Kinn. E Honischlecke wars net, doch 's is hald - zwar nor langsam - awwer immerhin berchuff gang. Mer hot kenne e Heisje baue, hatt zu Esse un war zufridde

Was soll des Simmeliere, weider gehts. Noch e kloo Schdicksche, dann hunn isch die Heh erreichd, hot de Karl gedenkt. Jetzt war de Weg net meh so miehsam, so konnt er schneller ausschreide. Wenn de Weg ebe is, so horrer gemurmeld, brauch mer sich net so oozuschdrenge. Do isses Wandern oogenehmer.

So isses aach im Lewe. Mer kann sorgloser lewe wenn mer genug Geld un Sach hot. Seit e paar Johr, so horrer iwwerleet, gehts uns eigentlich ganz gud. Mer kann sich einiges leisde was frieher net mechlich war. Mer kann emol oikehrn, was gudes Esse un Drinke, ohne glei denke zu misse es geht de Familie ab.

So is de Karl frohgemut weidermaschierd. Zwaa Schdunn war er unnerwegs wie er an die Weggawwel kumm is. Wie gehts jetzt weider, horrer iwwerleet, links orre rechts? Links, der Weg scheint abwärts zu gehe, der rechde geht wohl weider uff de Heh. Wie schnell is mer de falsche Weg gang.

Domols, als er vor de Entscheidung geschdann hot wen er heirade soll, wars ähnlich. Die Magret war e feirisch Hex un hatt aach Geld. Trotzdem horrer sich fer die Lisbeth entschiede, die so arm war wie e Kerchemaus.
Awwer oons hatt se, e goldisch Herz un en gude Charakder. Die drei Kinn, die se zusamme hunn, hot se ooschdännisch großgezo. Nadeerlich, e bißje hunn isch aach geholf, hot de Karl gedenkt, awwer die Haubdlasd hot soi Lisbeth getraa.

Jetzt wars em klar, de linke Weg is de richdische.
Irgend wann gehts nämlich berchab.
Frehlich horrer vor sich heegepeff un is mit große Schridd abwärts gang. Berchab gehts leichder. Ruck-zuck, hot mer e paar Kilomeder zurickgeleet. Des geht fasd wie vun selbsd.
Un doch machd aach des Abwärdsgehe Beschwerde. Zu wenn mer älder werd. ‘s Kreiz, die Gelenke, die Fieß, iwwerall duds weh. E kloo Rasd, hot de Karl gedenkt, kennd do nix schade.

Do soin se glei werre die Gedanke. Irgendwann gehts immer berchab, is em Karl in de Sinn kumm. Die Jugend un die Gesundheit losse sich net ewisch erhalle. Oomol fange die Kassore oo un hunn se mol oogefang heere se aach net meh uff.

Was soll des simmeliere, de Schdecke geschnabbd un weidergang. No korzer Zeid - er is grad um e Eck geboo - horrer aach schun die erschde Heiser vun Unnerwiesbach ufftauche sehe. Wars also doch de richdische Weg, hot de Karl frohlockd. ‘s Ziel vor Aa, horrer jetzt en Zahn zugeleet. Do unne, so horrer gedenkt, gibts e gud Werdschafd un was gudes zu Esse un zu Drinke. En herzhafde Handkäs un en gude Halwe. Des kann mer noo so re ooschdrengende Wanderung vertraa. Des machd Oom werre mobil, gibd Krafd un Ausdauer.

Krafd un Ausdauer brauch mer im Lewe un Ebbes wo mer dro glaabd. Vor allem e Ziel muß mer hunn, wie beim Wandern. So hot de Karl gedenkt als er in de Werdschafd vun Unnerwiesbach vor soim Halwe gehockd hot. So manches issem noch in de Sinn kumm. Vor allem awwer horrer nogedenkd iwwer des große Ziel. Ob mers ooschdännisch erreiche, moi Lisbeth un isch? „Hoffe mers!“ horrer vor sich hiegemurmeld.

Awwer do hot schun de Wert hinnerm geschdann, hot nogeschenkd, un hot en dodemit werre ins aktuelle Lewe zurickgeholt. „Fer die Schagrille!“ hot de Karl frehlich ausgeruf un hot soin Halwe uff oon Sitz leergetrunk. Dann horrer soin Schdecke geschnabbd, sich mit „Alla Gude“ verabschied, un schun war er an de Dier drauß. Un beim Hoomweg hot er sich iwwerleet ob er net doch noch e Ebbelbeemche planze sollt.

Alla Gude.

Die Tante sie war zu Besuch.
Die Tante die kimmd ofd.
Mol kimmt se oogemeld mim Zug,
mol kimmt se uverhoffd.

Sie draadschd e bißje - hald nor so,
des Neischde waaß se schdeds,
un lachd debei ganz heiter, froh,
ja, ja, ehr Leit, so gehts.

Dann brichd die Tante werre uff,
mit heiter frohem Mute,
hockd keck ehr aldes Hiedsche uff,
rufd frehlich: „Alla Gude!"

De Karl hockd in de Schdraußwerdschafd,
wo soll er'n hie mim Geld?
De Woi is soi groß Leidenschafd,
Rhoihessewoi, soi Welt.

Soi Fraa, die hold'n efdersch ab,
de Woi wär fer ihn Gifd.
So seed se un schennd net so knabb,
womit de Karl sie triffd.

Der is erschd schdill, dann fluchd er laut:
„Was ihr nor wolld, ehr Schdude!"
un krachend uff de Disch er haut:
„Bis morje, alla Gude!"

De Hausfreund is zur Lina kumm,
an jedem zwaade Dag.
Sie is in Selischkeid geschwumm,
ehr Leit, do gibts koo Frag.

Dann, oones dags. ihr liewe Leit,
de Hausfreund hot entdeckt,
ei bei de Lina is's soweit,
er hot sich schee erschreckd.

Hot laut geruf: „Isch waaß vun nix!"
dud sich beim Fortgeh schbude,
die Hos, de Jack oo, ei wie fix,
schunn rennt er: „Alla Gude!"

Was en Sauschdall

Bei rer Verlosung, neilich do,
hunn's Meiers aus de Gass,
e Sau gewunn, was warn se froh,
ach Gott, war des en Schbaß.

So drei Dag schbäder, wissawie,
do treff isch 's Meiers Schorsch.
„Wo hunner dann die Sau nor hie?"
hunn isch en g'froot, ganz forsch.

Ehr hunn doch so so wenisch Platz,
un dann noch die groß Sau?
„Ach," seed de Schorsch, „mach so koo Hatz,
des saa' isch der genau!"

Die Schlofschdubb, die is groß genug
fer uns zusamme all,
geduld'sche Schof, isch sags mit Fug,
gehn in de kleensde Schdall!"

„Ja, Schofe schunn, die basse ninn,
jedoch e Sau mit Hoor?"
So frooch isch voller Hinnersinn,
„Ei Schorsch, bist du dann klor?"

Dodruff moont der: „Ei kumm, geh mit,
isch zeig der die Idyll,
noor richt isch halt an dich die Bitt,
sei noor e bißje schdill!"

„Die Kinn, die schlofe schun in Ruh,
mer soin halt a'rsch beengt,
un jetzerd hummer noch dezu,
die Sau do noigezwängt!"

Isch hunn geschnaufd: „Was e Malheur,
des geht doch wohl zu weit!"
De Schorsch jedoch, gelacht hot der,
um dann zu saa' ganz breit:

„Do unne leit se - guck noor hie,
mit all ehrm Schbeck un Fett,
des scheene, runde Borsdevieh.
In Dose - unnerm Bett!"

Zeddelwerdschafd

Des Lewe is e oonzisch Zeddelwerdschafd. Schun im Kinnergaade kriesde Zeddel in die Hand gedrickd. Mol vun de oo, mol vun de anner Seid. Oomol hot mer moi Mudder en Zeddel mit der Uffschrifd mitgebb, wo druff geschdann hot: „Mein Sohn kann heute wegen Krankheit nicht kummen!“ Den Zeddel hunn isch heit noch im Seckel. In de Schul hunn sich die Zeddel alsfort vermehrd. Vor allem die Schbickzeddel warn fers Iwwerlewe notwennisch. Aach schbärer hot mer laufend Nodizzeddel, Laafzeddel orre Freßzeddel in die Hand gedrickt kriet. Isch glaab ohne Zeddel leefd im Lewe garnix. Mit em Zeddel wersde zum Militär geruf. Uffem Schdandesamt kriesde en Zeddel, der dich an doi Fraa bind'. Trennsde dich werre vun erre, werd des aach mimme Zeddel dokumendierd. Die meerschde Zeddel gibts vum Finanzamt. Dodebei dusde dich ganz schee verzeddele. Wenn de älder wersd, geht ohne Zeddel garnix meh. Weils Gedächdnis noläßd, schreibsde der alles uff de Zeddel. Isch hunn immer en ganze Schdabel Zeddel iwwerall rumleie. „Am Mondag, 10 Uhr, Termin beim Dokder!“ „Mittwoch, 14 Uhr, Zahnarzt!“ „Samsdag, Konzert vum Gesangverein!“ un so fort un so fort. Vor lauder Zeddel verliersde aach noch de Iwwerblick iwwer all die viele Zeddel. So hunn isch mer hald noch en Zeddel oogeleet, wo druffschdehd wo die Zeddel leie un wann isch druffgucke muß, also en sogenannde Denkzeddel. „Zeddel fer Arztbesuch leit uff de Fenschderbank vun de Kich!“ Richdisch, do leit er aach. Awwer was fer en Arzt un was fer en Dag? Jetzt muß isch doch werre oorufe. Awwer bei was fer me Dokder? Beim Internist, beim Urologe, orre beim prakdische Arzt? Mer kennd grad verrickd wern wenn mer sich nix meh behalle kann. Isch glaab am besde is mer geht garnet zum Dokder. Der verschreibd oom eh nor Arznei, die mer dann doch net oinimmd obwohl se en Haufe Geld gekoschd hot. Isch denk als emol, daß mer Geld besser in de

Werdschafd ooleet. Do fälld mer grad oi, daß mer uns heit owend werre in de Werdschafd treffe, zum Schdammdisch. Des kann isch mer immer behalle, do brauch isch koon Zeddel. Zwaa, drei Halwe soin so gut wie Arzenei. Also zusammegekrumbeld, die Zeddel un ab demit in de Babierkorb. Peif der uff die Zeddelwerdschafd, e Schdraußwerdschafd is mer lieber.

Mer hunns verdiend

Ja, mir lewe garnet schlechd,
unser Schdrewe gibd uns rechd.
Geld des hummer, ‘s schdeht uns zu,
Leid un Kummer fort im Nu.

Raffe, raffe, dud Oom gut,
oozuschaffe, des machd Mut,
unser Villa, die is voll,
Nerz, Chinchilla, werklich doll.

Mahagonie-Meebel, schee,
un e Pony dud drauß schdeh,
goldne Hähne soin im Bad,
Vorhäng hänge, lang un braad.

Kloonischkeide nor am End,
ziern bescheide all die Wänd,
do en Rembrandt, ganz, ganz kloo,
en Picasso newedroo.

Echde Debbisch, Aldertum,
leie lässisch nor so rum,
den Mercedes - ‘s is koon Traum,
dann per Pedes geht mer kaum -
fährt mer owends sanfd un waasch,
in die nobel Tiefgarasch,
geht ins Bett, wie sichs geziemt,
hummer des net all verdient?

De Brief

Achdunachzisch Johr isse alt, die Emma.
Gern denkd se zurick an frieher.
Zeit hot se, viel zu viel.
Was war immer e Lewe in ehrm Haus,
mit dene vier Kinn.
An Arwet hots do nie gemangeld.

Ehrn Mann is schun lang dod.
Die Kinn soin aach schun lang „dod“,
obwohl se lewe.
All soin se fortgezoo.
Weit fort.
Hald we'm Beruf.
Schreiwe kennde se jo als emol.

Mol nausgehe an de Briefkasde.
Naa, werre nix kumm.
Doch, do kimmt ewe de Briefträjer.
Er winkt.
Tatsächlich en Brief.
E kloo Wunner.
Des alde Herz pochd.
Uffmache - lese.

Tatsächlich, en Brief vum Jingsde.

„Liebe Mudder,
Du hosds doch gut.
Doi Gesundheit is gut,
die Rente soin gut,
also wärs ganz gut, wenn de mer

e bißje was vun doim reichlich
vorhandene Geld abgewwe deesd.
Mer hunn gebaut, des Geld is knabb,
kumm gebb uns doch e bißje ab!"

Koo Zeil meh wie needisch hot in dem Brief geschdann.

Un was machd se?
Se geht glei uff die Bank
un filld die Iwwerweisung aus.
„Wenigsdens" - so murmeld se -
„hunn isch werre mol en Brief kriet!"

Vergess?

Elloo
Alt
Einsam
Vergess?

Waade uff Liebe
Waade uff de Nächsde
Waade uff Besuch

Hoffnung
Schridde nahe'
Gehe vorbei
Werre nix

Elloo
Alt
Einsam
Vergess!

Nadur

Frieher zu unsrer Jugendzeit,
war die Nadur noch hell.
Die Fauna, Flora, weit un breit,
sie warn intakt noch, gell!
Die Lerche hunn froh tirilierd,
de Has is dorch de Klee marschierd,
was hot geglänzd soi Fell.

Un is mer dorch die Gasse gang,
mer hot kaum Lärm geheerd.
En Ochs, en Gaul, kam mol entlang,
koo Audo hot geschdeerd.
Die Schwalbe hunn in kühnem Boo,
oom dausendmol am Dag umfloo,
mer hot de Wind geschbeerd.

War's Middersche im Gaade drauß,
zu säe de Schbinad,
hot se geschdreggd die Hand ofd aus
un lachend dann gesaad:
„Do owwe fliet de Klabberschdorch,
der bringt uns bald en kloone Borsch!"
mer hunns ganz gern geglaabd.

So Vieles, des is heit verschwunn,
es fehld schun so manch Art.
Un schlechder werds mit jeder Schdunn,
mer wandle uffem Grat.
Un kehre mer net schleunigsd um,
hummer die längsd Zeit g'sieh die Sunn,
wär des net jammerschad?

Liebeslewe

So e Dämsche aus de Schdadt is zum Karl uff de Bauernhof kumm. - Sie wolld e bißje relaxe, saad se.
Er hätt weder Reh noch Lachse, hot de Karl trocke gemoont, awwer wenn se sich e bißje erhole wolld, wär se bei ihm un soine Lisbeth genau richdisch.
„Na ja“, hot se genäseld, „da werde ich statt zu relaxen mich mal wieder ganz altmodisch - erholen!“
De Karl war ganz erfreit un hot dem Dämsche glei mol soin Betrieb gezeichd. Des Liebeslewe vun de Diere wolld se erklärd hunn.
„Ooch“, hot de Karl gelachd, „Des is genau wie bei de Mensche!“
„ Des Weibsche lockd un schun kimmt laudhals die Beschdädigung vum männliche Artgenosse. Manchmol isses awwer aach umgekehrd!“
„Die Sau, beischbielsweis, machd ch - ch - ch un schun kimmd de Ewwer oo un machd aach ch - ch - ch, un schun isses bassierd!“
„Orre die Schdud, do driwwe uff de Kobbel schdehd se, die wiehert ganz sinnlich, un schun kimmt de Hengst wiehernd zur Begaddung oogalloppierd!“ „Aachs Hingel hot soin schbezielle Lockruf. Diok - dok - dok - dok, schallt’s iwwer de Hof un schun kimmd de Gickel mit gliehende Schbore oogesausd un läßd soin schmeddernde Schlachdruf - Kikerikiii - erteene.
Des Dämsche hot mit hochrodem Kobb zugehorchd, weil des fer sie jo Neiland war. Dann hot se die Gaaß gesieh schdehe, in de Meschdkaud. „Wie machen es denn die Ziegen?“ hot se dann de Karl gefroot.
De Karl: „Genau wie mir Mensche, Lockung un Vollschdreckung! Die Gaaß meckert laut - mäh, mäh, un schun kimmt de große Bock oo un läßd soi heißes Mäh, Mäh, Mäh erteene!“
Kaum hatt de Karl soi ledschdes Mäh enausgeblägsd gehatt, hot soi Lisbeth ‘s Kichefensder uffgeress un laud enausgekresch: „Karl, hosde mich geruf?“

Zwaa Lebensläuf

De Karl: Geschaffd, geschaffd, geschaffd,
owends mied no Haus gewankt.
Geschaffd, geschaffd, geschaffd,
es hot net zu me Haus gelangt.
Geschaffd, geschaffd, geschaffd,
e Fahrrad kaafd um Schbord zu treiwe.
Geschaffd, geschaffd, geschaffd,
schwimme gelernd um fit zu bleiwe.

De Franz: Geraffd, geraffd, geraffd,
un immer uff die Pauk gehaa.
Geraffd, geraffd, geraffd,
e Riesehaus, Mercedes-Waa.
Geraffd, geraffd, geraffd,
soi Jacht is ausgeloff.
Jetzt hot er ausgeraffd,
geschder is er versoff.

Anmerkung: Willsde doi Lewe schaffe,
lern Schwimme, schdadd zu raffe!

Owwe vum Berch

Owwe vum Berch
guck isch ins Tal,
graad wie im Perch,
Rewe ohn' Zahl.

Schdehe im Safd.
Die Blädder grie',
zeuge vun Krafd
un Winzers Mieh.

Traube gar viel
edel un voll,
hänge am Biel,
Dur odder moll?

Gibts e gut Johr,
wallt unser Blut,
Woi, des is wohr,
schenkt Freid un Mut.

Leefd erschd de Mosd,
schleed unser Herz,
bald schun teent's Prosd
froh himmelwärts.

Owwe vum Berch,
guck isch ins Tal,
froh wie die Lerch,
himmlisch' Labsal.

Vum Wedder

Frieher war die Weddervorhersag Weddervorhersag. Wenns gehaaß hot - morje reent's, hot's gereent orre net. Wenn's Weddermännsche Sunneschoi vorausgesaad hot, hot die Sunn manchmol gescheind, manchmol aach net. Genau wie heit. Nor werd des Wedder heit nemmee vorhergesaad, des werd zelebrierd. Alle meeglische Wahrsager wetteifern uff unserm Weddermarkt. Die Wedderfrösch wern alsfort meh, un do moone die Leit, die Frösch wärn am Ausschderwe. Im Radio, im Fernsehe orre in de Zeidung, die Meteorologe iwwerschidde uns buchschdäblich mit Wedder. Wenns schdimmt, saa mer: „No ja!“ Schdimmds net, saa mer: „Des hunn se beschdimmt aus em Kaffeesatz geles. Obwohl heit kaum noch schlechdes Wedder gemeld' werd. Nor noch gudes orre wenischer gudes. Die Leit jedenfalls schalde am liebsde den Sender oi, wo viel scheenes Wedder meld'. Wenn awwer de Name Meteo-Consult dehinnerschdeht werd die Show glei viel seriöser. Vor net allzulanger Zeit hunn se sogar en Weldwedderdag abgehall. So e Art Mudderdag fer Wedderfrösch. Velleichd fiehrn se scheenes dags aach noch en Wedderfeierdag oi. Vorschdellbar wär schdadd „Buß un Bettag“ en „Hoch und Tieftag“ oizufiehrn. Doch letztlich nutze alle Ferz nix, wenn's hinneno doch net schdimmd. Am verläßlichsde is immer noch des alde Schbrichword: „Wenn de Hahn kräht uff de Misd, ännerd sich's Wedder orre 's bleibt wie's ist!“
Nor kräht heit kaum noch en Hahn, awwer do kräht jo koon Hahn denoo.

Rewesafd

Der Woi, der edle Rewesafd,
schdellt manches oo mit soiner Krafd.
Im Volksmund seed mer ofd aach drum:
„Der haut de Schdärksde Ochse' um!"

De Griesgram, der nie frehlich is,
er bringt zum singe ihn gewiß,
un Mensche voller Wut un Haß,
bringt er zum Liebe, ohne Schbaß.

Wer schdumm schdeht, nie was redde kann,
er leiht die Schdimm, der Fraa, dem Mann.
Dem Dichder machd er uff die Pfort,
un läßd en saa manch goldnes Word.

En Beddler, sei er noch so arm,
dem schdärkd er's Herz un machd en warm.
Soi goldne Drobbe, 's is koon Hehl,
die mache gladd die Sängerkehl.

Des Märe, sunsd voll Herzeleid,
verlierd dorch Woi die Schichdernheit,
un aach de Borsch faßd frohen Mut,
schderzt an sein Schatz mit wilder Glut.

Ach, daß em Woi noch oons gelingt,
un er de Mensche Friede bringt.
Mer winsches so - mit aller Krafd,
daß er des Wunner aach noch schaffd.

PS: Voraussetzung wär - so mißd's soi,
daß alle Mensche drinke Woi,
egal welch Rass', welch Konfessione,
en Werbefeldzug deed sich lohne.

Feierowend

Geh mol heidzudag owends um achd Uhr dorchs Dorf. Do begeend der koon Mensch un koo Seel. Nackisch kennsde dorch die Gasse laafe un deesd noch koo bißje uffalle. Die Medie hunn die Mensche in ehrn Bann geschlaa. Vor allem 's Fernsehe. Krimis, Dokderserie, Talkschoos, orre schlichd die Werbung, des isses was die Mensche heit faszinierd. In unsere Jugendzeit war des noch ganz annerschder. Endlos warn die Summer. Net nor weil mer jung war, naa, mer hot aach was oozufange gewißd mit seine Freizeit. Owends, no Feierowend, hot mer soin Schduhl geschnabbd orre die Bank un is demit naus uff die Gass gang un hot sich hiegehockd. Meer-schdens hots net lang gedauert, dann soin die Nochbern vun links un rechts dezukumm. Erschd hot sich de Oba umschdändlich soi Peif geschdobbd, dann isses losgang mim Ausdausch vun Neiischkeide. Wenn er net an de Peif gezoo hot, hot de Oba Schdiggelscher vum Krieg orre vum Schwarzschlachde verzehld. No'm zwaade Dibbsche Woi isses weidergang mit defdische Witz. Des war dann die Zeit fer die Kinn. Zeit ebbes zu lerne, obwohl mer 's Meerschde net verschdann hot. Domols ware die Kinn nämlich in dem Bezug noch zimmlich hinnerm Mond dehoom.
Gehockd hot mer meerschdens bis es schdockdunkel war. Ruck-zuck soi meer Kinn ins Bett gefloo, un fort war' mer. Heit, wie schun oigangs erwähnd, is alles annerschder. Schdunnelang hockd des Individuum Mensch vor der Glotze un verlernd dodebei immer meh soi Mudderschbroch. Annern Dinge lernd mer do. Zum Beischbiel wie mer die Leit bescheißd, die Kinner verziehd orre gar wie mer Leit dodschießd. Hummer do frieher net meh gelernd?
Vor Korzem hunn isch emol vorgeschlaa, die ald Zeit werre uff-lewe zu losse. Die ganz Familie war - erschdaunlicherweis -dezu bereit. Also hummer die Schdiehl geschnabbd un soin enaus uff die Gass. No 47 Modorrädder, 257 Audos un 85 LKW's soi mer no re halb Schdunn freiwillisch in unser Fernsehburch zurickgekehrd. Die Zeit läßd sich oofach net meh zurickdrehe. Dodemit is Feierowend.

Bei de Anna-Tande

Vor Korzem warn die Lisbeth un ehrn Karl mol werre bei de Tande Anna zum Esse oigelad. Die Esse bei de Tande soin immer vun besonnerem Reiz. Do werd net nor gess, do wern aach geistreiche Tischgeschbräche gefiehrd.
Wie gewehnlich hot die Tande erschd emol die Subb ausgeschebbd. Se hot ganz genaa druff geachd, daß Jeder drei Markkleesjer im Deller hadd. Koons meh, koons wenischer. Des verlangd 's Prodokoll, saad se.
Die Lisbeth hot glei ehrm Karl in die Ribbe geschdumbd un hot em ins Ohr gepischberd: „Die Kleesjer sieh mer so hard aus, do is garandierd net fer'n Penning Mark droo!" Laut awwer saad se: „Was soin doi Kleesjer heit so gut, wo hosde dann die Markknoche her?"
„Ach was, Markknoche," hot die Tande entgeend, „die hunn isch genauso gemachd wie du se immer machsd, mit Margarine un Weckmehl. Drum nenn isch se aach Penningklees, schdadd Markklees. Die Lisbeth is ganz rot oogelaaf un hot dann losgeleet wie e Maschinegewehr: „Awwer isch nemm aach gut Margarine, 's Pund fer e Magg-achzisch!"
„Ach", saad die Anna-Tande schoiheilisch, „die wo de immer nimmsd fer doi Buddergebackenes?" Do is awwer die Lisbeth richdisch exblodierd. Wie e Rachegöttin isse hinnerm Disch hochgeschnelld un hot losgeleet: „Du hosd doch noch nie gut Budder im Haus gehatt, un so ofd mer bei der Kaffee getrunk hunn hasde doin billische Margarinekuche uffem Disch!"
„Du hosd awwer immer siwwe Schdigger gess!" hot die Tande zurickgegifd.
No dem korze Dischgefechd is e bißje Ruh oigekehrd. Dann hot die Tande die Pann mit de Frikadelle erinngebrung. De Karl hot glei die Zung geleggd un schwubb, hadd er zwaa uffem Deller un e dritt horrer glei ins Maul geschdobbd. „Mmhh" horrer gebrummd, „Die schmegge gut, was hosd'n do dro?"
„Oooch", saad die Anna-Tande, „E Pund Kardoffele, fünf Weck,

e halb Ei un e Pund Gehackdes!" „Do hosde awwer wenisch Fleisch droo", hot die Lisbeth sich gemeld', „Isch nemm immer fünfhunnerd Gramm!"
Trotzdem hot se dann fünf Schdick weggebutzt. Se hädd gern noch e paar meh gess, awwer die Anna-Tande hatt de Katz die resdliche drei Schdick hiegebroggeld. Grad wie die Lisbeth fro'e wolld, wie se sowas mache kennd, hot se bemerkd, daß die Katz die Frikadelle garnet beachd hot. Schadefroh hot se gedenkt - Des geschieht erre rechd! De Karl, der immer waaß was soi Lisbeth denkt, hot gedenkt: „Wen se do jetzt moont, die Tande orre die Katz?"
Dodenoo hunn sich die drei ganz gut unnerhall. Vum Ungel soim Grab hadde se's, vum Erwe, daß die Kinn heit so ugezoo wärn un, daß des Wedder frieher viel scheener gewes wär wie heit.
Dodeno hot de Karl mol werre ganz vorsichdisch die Schbroch uffs Esse gebrung. Schließlich besuchd mer die Anna-Tande jo nor dessentwe'e. Ob se werre en gude Kuche geback hätt, hot er gefroot. „Sogar ooner mit gut Budder!" saad se. „Hoffentlich hosde aach die mim Goldbabier genumm!" hot sich die Lisbeth glei werre gemeld. Fortgefahr hot se: „Mit dere Pergabudder gibds nämlich koo gude Kuche!" „Ja, ja, hot die Tande entge'end, des hummer 's ledschde Mol bei dir gemerkd!
Grad wollt die Lisbeth werre losleje, do hot se de Karl unnerm Disch ge'e die Schieboo geschdumbd un hot erre ins Ohr gepischberd: „Waad bis mer de Kuche gess hunn, der sieht nämlich gut aus!" Schnell hot dodruffhie die Lisbeth fünf Schdicker Kuche geacheld un aach vier Tasse vun de Tande ehrm Muggefuck dezugetrunk. De Karl hots sogar uff siwwe Schdigger gebrung. Dann awwer - se war jo satt - hot die Lisbeth werre oogefang zu schdängern: „Gebbs zu Tande", saad se, „Do hosde werre vun dem billische Aldi-Mehl genumm!"
„Des kann isch der garnet saa", hot die Tande gemoont, „Des Mehl hunn isch mer doch geschder bei doim Karl gelehnt, hot er

nix gesaad?“
Normalerweis kaaf isch nämlich nix beim Aldi, isch hol alles beim Lidl!“ De Karl hot n ganz rode Kobb kriet, weil er gewißd hot, daß er jetzt vun soine Lisbeth Zunder kriet. Die hot em aach glei ans Boo getret, daß er uffgejault hot, wie en Hund dem mer soi Schabbi wegnimmd. „Du Dollbohrer“, hot se geschnaubd, „Loß uns nor hoomkumme, heit Owend setzt’s was ab!“ Gezischd hot se: „Wie kimmsd’n dezu moi Mehl herzulehne, du Kamel!“ Se war außer Rand un Band, die Lisbeth, un de Karl hot garnet gewißd was er saa soll, so ferdisch war er. Wenn en soi Blähunge net so gedrickd henn, hädd er sich des Gegeifer vun de Lisbeth wohl noch e bißje ooheern misse.
So awwer hot er uff emol wie en vergifde Aff, de Tande ehr Kich verloss.
Die Anna-Tande awwer hot geschmunzeld un in oom fort die Hänn geriwweld. Freidisch hot se vor sich hiegebrummeld: „Des war werre en scheene unnerhaldsame Dag heit!“

Was e Gebabbel...

Hochdeitsch mit Knorze

Moin Schulfreund Karl hots zu ebbes gebrung.
Was haaße soll, daß er e ganze Menge Geld uff soim Kondo hot.
Mer treffe uns trotzdem ab un zu emol am Schdammdisch.
Vun Mol zu Mol werd er oigebilder, de Karl.
Sogar hochdeitsch schbrichd er.
So e Art Neireiche-Hochdeitsch mit Oolaaf un Knorze.
Vorgeschder hummer werre mol beim Schorsch in de Werdschafd zusammegehockd.
Mer hunn e bißje lang uffs Esse waade misse.
Uffs Esse zu waade is immer ärjerlich, obwohl's doch ganz gut wär wenn mer als emol e bißje länger waade deed zwische de oonzelne Mahlzeide.
De Karl jedoch waad iwwerhaubd net gern un so hot er aach glei oogefang in soim iwwerkandidelde Hochdeitsch zu räsoneere.
„Wo bleibt denn der Fulter, der Tollpohrer!"
„So ein überzwerger Klopen, so ein überzwerger!"
„Bis der Eppes bringt kann man sich einen Gründkopf ärgern!"
„Ei man könnt ja schunt knüpfeldick satt soin!"
Soi Tirade hunn koo End genumm un so hot er aach glei weidergebreweld: „So ein Schoten, mit seinen schepfen Haxen und dem Schnutentunker voll Supfengrünes, verlangt auch noch, daß man ihm Geld in die Ripfen schmeißt!"
„Unsereins aber muß sich alles an den Ripfen abknapfen!"
Er hätt wohl noch net uffgeheerd zu brewele, wenn de Schorsch net endlich mim Esse kumm wär.
„Gude Apfedidd", hot der ganz schoiheolisch zum Karl gesaad un noch dezugefiegd: „Kannsdes mit de Gawwel esse, orre soll isch der die Schipfe bringen?"

De Karl, wie er des Rieseschnitzel gesieh hot, hot de ganze Schbodd iwwerheerd un hot im Iwwerschwang glei schwärmerisch fesdgeschdelld: „Das ist ja so groß wie ein Abtrittsteckel, das würte ja noch nicht einmal in meine große Patschmütze passen!"
„Wenn ich das gegessen habe, bin ich knüpfeldick satt!" horrer geschdrahld, um dann fordzufahrn: „Da brauch mir mein Brummeltüpfen zu Hause nichts mehr zu kochen!"
„Höchstens ein Münkelchen Erdbeerbörremschen kann sie mir noch servieren!"
Dann hot de Karl erschd emol e Schdick Fleisch geschnapfd, wie er des so in soine Schbrach seed, un hots zwische die Zäh' geschdobbd. Awwer beim kaue horrer schun werre oogefang zu räsoneere.
„He, du Schmierlapfes von Wirt, siehst du nicht, daß ich Torscht habe? bring mir mal schnell einen Schopfen, aber talli, talli!"
De Schorsch is glei kumm, hot em soin Schobbe hiegeschdelld un schbeddisch gesaad: „Da hosde doin Schopfen, du Gröpert un hall jetzt endlich deine große Klapfe!"
„Ui", hot de Karl rülpsend gesaad, „Ich bin ja knüpfeldick satt!"
Bald soi mer dann uffgebroch. Un weil mer net weit ausenanner wohne, soi mer aach minnanner gang.
Unnerwegs horrer alsfort in soim geschdelzde Hochdeitsch weidergemachd:
„Diese Gröbärsche von Wirten nepfen einem ganz schön!"
Manchmal könnte man den Dörrverreck eine abschöpfen oder verkassematuckeln, wie man so treffend in Rheinhessisch sööt!"
„Manche Wirte verzapfen einen Aschpes, da kriegt man den Schlüggse! und bei deren Preise kann man keine Tüte machen!"
„Manomöter", horrer dann bletzlich umgeschalt, „Es werd jo schunt zapfenduster, man rennt sich aper auch grad den Herzbentel ab!"
„Isch muß noch dringend zum Franz, Eier, Krummpören un Supfengrünes einkaufen, morgen soll es bei uns nämlich Düpfenhas

geben!" „Gehst du mit Kumpfel?" horrer gefroot.
No ja, isch soin hald mitgang zum Franz.
De Franz is so en ökologische Bauer, der alles meegliche zu verkaafe hot.
Wie mer dorch de Hof soi gang, hot newerm Schdall e Meschdgawwel geschdann.
„Muß denn diese Mistgapfel da mitten im Weg stehen?" hot er glei werre gegrummeld.
No ja, er hot dann soin Kram oikaafd,un denoo hummer uns uff de Hoomweg gemachd..
Wie de Deiwel so soi Schbiel treibd, is de Karl grad iwwer die Gawwel gefall, die do am Schdall geschdann hatt.
Padauf, horrer längelang im Meschd gelee.
Die Eier hann all de Schlag un de Karl hot middedrin gele'e als wann er fer des Stillebe „Schbeck un Eier" possiere wolld.
Er hot sich uffgerabbeld un laut gefluchd:.
„Verfluchd Meschdgawwel, verfluchd Meschdgawwel!"
Er wolld garnet meh uffheern.
En Ditzel hatt er, so groß wie e Fünfmaggschdick.
„Kumm", hunn isch gesaad, indem isch in soi Schbroch verfall soin: „Isch mach dir einen nassen Waschlapfen druff, das hilfd gegen Schwöllungen!"
Dem Karl awwer hot der Schdurz iwwer die Meschdgawwel urbletzlich werre zu soim urschbringlische rhoihessische Dialekt verholf. Ganz ohne Knorze un Verzierunge.
So hot mer'n aach wenigsdens werre verschdann.
Schließlich will alles gelernt soi, un e volles Portmonee is net 's Oonzische was en Mensch zum Mensch machd.

Schweinerei

Das Schwein es is vun aldersher
beliebd bei uns im Land,
un isses rund zwaa Zendner schwer,
werds ofd aach Sau genannt.

Des Glücksschwein bringt uns Mensche Glick,
als Dank werds dann geschlacht,
un is zerlegd des gude Schdick,
werds dann zu Worschd gemachd.

So Mancher schennd beim Halwe Wein:
„Du Sauhund!“ grob un rauh,
des Ferkel seed vergniegd zum Schwein:
„Du Wutz, du bisd e Sau!“

„Sauhaufe!“ schreit de Offizier,
„Sauwedder!“ schennd de Fritz,
„Saubande!“ kreischd de Schorsch beim Bier,
saudumm is mancher Witz.

E Schweinegeld verdiend de Mohr,
verdient's? - ach was er kriet's.
Saumage kaafd er dodefor,
die Metzjerin sie wie'ds.

Saumäßisch isses Wedder draus,
sauschlechd, weil's kald un naß,
drum losse mer die Sau 'eraus
un drinke Woi vum Faß.

Dezu e Schweinehax schee rund,
Saubohne, aach net nei,
wer werfd schun - un des ohne Grund
- die Perle vor die Sei. -

E schwer Geburd

En Briefträjer aus Ingelum hot drauß in Groß Windernum aushilfsweis die Posd getraa.
Jetzt isser an e Haus kumm wo er net sicher war wer do wohnt. - Also horrer geschellt.
De Hans, so hot der Hausherr mit Vorname gehaaß, is an die Dier kumm.
„Gude“, hot er gesaad.
De Briefträjer aach: „Gude!“
Dann hot er gefroot: „Wie schreiwenern eich?“
De Hans ganz drocke: „Meerschdens mim Kuli, manchmol aach mim Bleischdifd!“
„Naa, wie ner haaße?“ hot der Posdbode noogekaad.
„Wiener Hase?“ hot de Hans ganz erschdaund gefroot,
„Isch kenn nor Feld- orre Schdallhase!
Wiener Hase kenn isch koo, isch kenn nor Wiener Schnitzel!“
Der Briefträjer, jetzt schun e bißje ärjerlich: „Isch moon doch koo Hase, weder haaße Kardoffel noch haaße Hase, eiern Name wolld isch!“
„Warum ener moin Name wolle, des begreif isch net“, saad de Hans lachend, „isch nemme doch oo, daß ener selbsd en Name hunn!“
De Posdbote druff: „Des is jo zum Verrickdwerre! wolld er mich dann net begreife? Isch will doch wisse wie se eich rufe?“
De Hans werre: „Wer solle'n mich rufe?“ Heegschdens moi Fraa, die rufd als emol: „Hallo, Hans, mer esse!“
„Isch krie noch was an mich!“ hot der Briefträjer jetzt schun ganz zornisch gegrummt, hot dann awwer noch emol oogesetzd: „Saad doch emol was uff eierm Pass druffschdehd?“
„Ei moin Name!“ saad de Hans, „ganz oofach moin Name!“
„So? un wie issen der?“ hot der Briefträjer jetzt hoffnungsvoll gefroot.

„Schee“, hot de Hans gelächeld, „Mir gefälld er un moine Fraa aach!“
„Deed er meer aach gefalle?“ hot der Posdbote jetzt ganz lisdisch gefroot.
„Wenn eich Wolf gefällt?“ hot de Hans gelachd.
„Also haaßener Wolf?“ hot der Posdbote jetzt erleichderd uffgeooremt.
„Freilich haaß isch Wolf!“ saad de Hans.
De Briefträjer ganz erschdaund: „Warum hunner des dann net glei gesaad?“
De Hans ganz drogge: „Ei ehr hunn mich jo net gefroot!“

Die Scheureb

Im griene Kranz is widder Lewe,
en Lärm wie bei re Schlachd.
Die Sänger widder mol oon hewe,
Gesang schallt in die Nachd.

Die Sänger des soin lusd'sche Leit,
un dorschdisch soin se aach.
Noo jeder Singschdund schmeckd, oh Freid,
de Woi, do gibds koo Fraach.

So sitzd aach heit, wie efders schun,
die Gadd ganz unentwegt,
des Glas es geht im Kreis erum,
de Schalk sich langsam regt.

Un so geht's los, de Hannes schreit:
„He, Lui, bring mol e Bidd,
es is jo schließlich Badezeit,
un fill se aach, Dunnerlitt'!"

De Lui hot schelmisch glei gelachd,
er kann so lusdisch soi,
er hot des Biddsche beigebracht,
gefilld mit neie Woi.

De Hannes druff hot Schdrimb un Schuh,
aach schbornschdreichs ausgezoo,
un hot gebad' soi Fiß in Ruh,
im Woi drin - ungeloo.

„Knick- Senk un Schbreizfiß habe isch,“
de Hannes seed’s zum Lui.
„Un Keesfiß aach, ganz ferchderlich“,
rufd druff de Franz, „pfui, pfui!“

De Hannes no ner Verdelschdund:
„E Lindrung isch schun schbiern,
isch glaab ehr Leit, des is gesund,
des loß isch padendiern!“

Wie's Bad erum war, dodenoo,
gabs mol e bißje Ruh,
de Lui, der packd die Schissel oo
un schdelld se uff die Truh.

Do kam de alde Schorsch eroi,
der hadd schunn schee oon drin,
er sieht die Schissel mit dem Woi,
setzt oo un nix wie rin.

No finfezwanzisch Schluck voll Freid,
setzt er zum Schnaufe ab.
„Gut schmecke dud's, ihr Sängersleit,
doch schdinke aach net knabb!“

„Die Blum is defdisch, sagt darum,
is des e nei Sord Woi?“
„So'n Dufd der werfd jo Ochse um
un machd die Geil ganz scheu!“

Die Sänger hunn gelachd ganz dreist,
bis daß die Träne kame,
der Woi seitdem die „Scheureb“ heißd,
seht so endschdehe Name!

Am Telefon

Hallo do. - Wer is do?
Ah, du bisd do!
Do, do soin isch jo froh, daß de do bist!
Was? ob isch do soin?
Klar soin isch do, sunsd wär isch net do!
Was, wer do do is?Niemand is do, nor isch soin do!
Doo war isch emol net do, do hosde awwer aach net oogeruf!
Do hunn isch do aach net de Heerer abgenumm!
Hätt isch do jo aach net gekennt, weil isch jo do net do war!
Was? du warsd do aach net do?
Ei, do hots jo nix gemachd, daß isch do aach net do war!
Jo, do will isch emol werre uffle'e, daß es net so deier werd wie
doo, wo der do do war, wo du gefroot hosd, wer do
do wär, un isch konnt der's net saa, weil der do - do net do
war!
Also, do machs gut!
Isch soin immer fer dich do!
Do kannsde dich fesd druff verlosse!
Aach do, wo de net do warsd, war isch fer dich do, wenn isch
do aach net do war!
Weil du do awwer doo net do warsd, konnt dich - der do - wo
do do hätt soi solle un garnet do war - garnet treffe.
Er war jo net do un du warsd do aach net do!
Was seesde? Der wo doo do hätt soi solle un net do war,
war doo aach net do?
So, der war schdadd do, bei dir do?
Doo, do kann isch nix meh saa, wie doo wo de net do warsd!
Do kann isch nor noch uffleje!
Wo?
Ah do!

Wer de Penning net ehrd..

Fasd jeder hot schun - net gelachd,
gesaad so irgendwann,
daß Geld elloo net glicklich machd,
um fortzufahrn alsdann:

Geld deed beruhische, grad wie Gold,
zu - wenns oom noch geheerd.
Drum rufd er froh: „De Rubel rollt!“
obwohl der nix meh wert.

Verpulvern dud mer ofd soi Geld,
fer Kostgeld, Schulgeld, Miet,
die Ruh beim Ruhegeld entfällt,
wenn mer zu wenisch kriet.

Die Kohle misse schdimme halt,
weil ohne Moos nix geht.
Ganz ohne Knete hockd mer kalt,
Pinunze fehlt, wie bleed.

Mer hot koo Penningsfuchser gern,
doch liebt mer sehr die Fleh,
aach Kröde gern gesehe wern,
un Meis - im Portmonee.

Geldbote schwimme net im Rhoi,
weil's ohne „O“ do fehlt,
doch schdei'n se in e Boot enoi,
werd's Botegeld gezähld.

E Geldbomb, die bringt koo Gefahr,
es sei, so'n dumme Drobb,
der übt Ver-Geld-ung, wie's ofd war,
un werfd se an doin Kobb.

Dann schnabb des Ding un laaf schnell fort,
un is koo Falschgeld drin,
dir niemols mehr de Mage knorrd,
mit Zasder bisde „in".

Wer halt de Penning garnet ehrt,
so hummer's frieher vernumm,
der is aach net de Taler wert,
'S is wohr, „Nervus re-rum!"

(Geld ist das Maß aller Dinge)

Was mer net alles im Kobb hunn muß

En kluge Kobb is schdeds gefroot.
En Wasserkobb wenischer.
Den kriet mer wenn mer de Kobb gewäsch kriet.
Orre mer trifft en im „Effendliche Diensd" oo.
Iwwer so Sache zerbrichd sich Mancher de Kobb.
De Kobb kann mer sich allerdings nor zerbreche wenn mer net uff de Kobb gefall is.
Drum muß mer de Kobb immer owwe behalle.
Trotzdem kriet mer als emol Kobbweh.
Wer koons kriet, machd sich Kobbweh.
Awwer desdewee mim Kobb dorch die Wand zu geh,
wär grundverkehrt.

Selbsd wenn de vor lauder Arwet net waaßd wo der de Kobb schdeht.
Du lieber me Märe de Kobb verdrehe.
Wenn die dann koon Kobb machd, kannsde mit der e paar Magg uff de Kobb haa.
Velleichd sogar an de Kobbakabana.
Schiddeld se jedoch de Kobb, kannsde immer noch de Kobb in de Sand schdecke orre en Kobbschbrung mache.
Nadeerlich net in de Sand.
Wasser eigent sich do besser.
Nor muß mer uffbasse, daß mer koon Wasserkobb kriet.
Fer alles brauche mer Kebbsche, drum muß mer sich alles gut dorch de Kobb gehe losse.
Läßde awwer de Kobb hänge, wie so mancher Schwachkobb, wersde schnell kobblos.
Mer muß halt soin Kobb zusammenemme, sunsd triffd mer de Naa'l net uff de Kobb.
Bisde awwer kobblasdisch, leisde Ruck-zuck kobbunner uffem Kobbschooplasder.
So Mancher - obwohl er koo Klees ißd - setzt en Kleeskobb uff un leefd e Lewe lang do rum mimme Brett vor'm Kobb.
Kobbiere kann mer Vieles, sogar des Singe mit Kobbschdimm.
Doch en Kobball kann mer nor richdisch plaziere, wenn mer en Ballkobb hot.
Wer awwer de Kobb zu hoch treed, orre Annern immer vor de Kobb schdeesd, soll lieber uffbasse, daß er net en Kobb kerzer gemachd werd.
Es Beschde also is, wenn mer de Kobb immer schee owwe behält.
Drum - „Kobb hoch!"

Balla-balla

Im Lewe, vor allem awwer im Schbord wimmeld's vun Ungereimdheide. Vor allem wenns um de Ball geht.
Schun als Kind fängd mer oo mim „Balla" zu schbiele.
Der Balla werd awwer schun ball zum Ball.
Beischbielweis zum Passierball.
Was issen jetzt awwer en Passierball?
Isch schdell mer des so vor: Beim Passiern vum Gemies dorch e Sieb, gibts Matsch.
Demno' mißd also aach en Passierball zum Matschball wern.
Drum heerd mer wohl aach immer: „Der hot de Ball versiebt!"
Ja, mit dene Bäll hots was uff sich.
Do gibts de Tennisball, de Fußball, de Handball, Volleyball, Faustball, de Medizin- un de Hofball.
Frieher hummer als im Hof Ball geschbeeld, heit indes moont mer mit dem Hofball den Ball wo die Wiener Schickeria abhält.
Am Wiener Hof, im Ballhof orre besser gesaad, im Ballsaal.
Die benutze do nadeerlich koon Ball, sondern Ballerine.
Awwer Ball is Ball un hinneno werd meerschdens ooner geballert.
Morjens hot mer dann „so'n" Ballon.
Dodenoo muß mer sich werre mit Ballsam oireibe, daß die Ballistik werre schdimmd.
Uffem Ball kann mer sich aach verliebe.
Dann heerd mer: „Der is Ballverliebt!"
Awwer erschd emol muß mer en Ballkontakt herschdelle.
Vumme Kontaktball hunn isch allerdings noch nie was geheerd.
Nor vumme Eckball.
Den - allerdings - hunn isch noch net gesieh!
En Eckball kann doch garnet rolle!
Des hot de Fußballbundestrainer Sepp Herberger schun gesaad.
Er hot ganz treffend fesdgeschdelld: „De Ball is Rund!"
Dodroo misse mer uns halle.

Un sollt's irgendwo en Eckball gewwe, dann misse mer den mit de Ballpress abrunde, daß er zum Pressball werd.
Dusde dann mit de Balletteuse uffem Presseball unnerm Balldachin hocke un dusd ballze, dann saa'n alle Ballartisde:
„Der is jo balla-balla!"

Uff de Arm genumm

Wer en lange Arm hot, erreichd viel.
Doch de Arm vum Gesetz reichd weit un fällt der oft in de Arm. - Schnell hosde dann en Tennisarm.
Am besde, du gehst dann zum Dokder, daß er der unner die Arme greift.
Is de Arm werre besser, kannsde aach doi Fraa werre in die Arme nemme, wenn se der net vorher in de Arm fällt.
Wenn de jedoch armdicke Schwaademaascheibe wegachele willsd, brauchsde genug Elleboofreiheit.
Bisde awwer koon Armleichder, läßde dich net uff de Arm nemme, un wenn alle Schdräng reiße, kannsde immer noch doi Hänn in Unschuld wäsche, no dem Motto: „Oo Hand wäschd die anner!"
Viele Leit halle heitzudag die Hand uff un nemme vun dene, die e offe Hand hunn.
Mit leichder Hand gewwe se's werre aus.
Wer e gut Hand hot, gewinnt beim Kaadschbeele.
Gleich, ob er in de Vorhand, in de Mittelhand orre in de Hinnerhand hockd.
Des haaßd, wenn mer'm net die Daumeschraube oosetzt.
Me Daumelutscher brauch mer de Daume net zu halle, weil er de Daume immer druff hot, uff de Zung.
Manchen muß mer mit Fingerschbitze oofasse, weil er kaum en Finger riehre kann.

Doch gibsde oom de Finger, will er glei die ganz Hand, des kannsde an de Fünf Finger abzähle.
Machd awwer ooner krumme Finger, kann er sich beeß in die Finger schneide, so daß er bald koon Finger meh krumm mache kann, un Jeder seed: „Der hot lange Finger gemacht!“
Wer sich die Worschd fingerdick uffs Brot leje kann, kann sich die Finger lecke.
Wer awwer net's Schwarze unnerm Fingernaal hot, kann sich aach nix aus de Finger sauge.
Will dich doi Fraa um de Finger wiggele, dann gebb isch der en gude Rot: „Setz de Fingerhut uff un verschwinn unner de Hand, eh se der uff die Finger klobbe kann!“
Eh de en Handschlag machsd, mach lieber die Fausd im Sack un am neegschde Dag, wenn de e offe Hand hosd, kannsd'er werre die Hand schiddele.
Hand druff!

Machuladur

Franz: Karl, was machsde dann ewe?

Karl: Isch mach in Versicherung!

Franz: Do kannsdes jo mache!

Karl: Ja, morje mach isch werre uff Tour!

Franz: Des hosde jo schun immer gut gemachd!

Karl: Drum hunn isch aach ebbes gutgemachd!

Franz: Dann mach jetzt, daß de dich ins Bett machsd,
sunsd machsde morje schlabb!

Karl: Do kann mer aach nix mache!

Franz: Isch soin emol gemachd worn mit erre Versicherung!

Karl: Wer machd dann sowas?

Franz: Ei, so erre wo außer Beschiss zu mache, aach noch die Weibsleit oomache!

Karl: Mach noor!

Franz: Wenn der Macher werre kimmt, mach ich en all!

Karl: Der hot sich beschdimmt längsd abgemachd!

Franz: Was dann, der hatt sich Ruck-zuck aus em Schdaab gemachd! - Wenn jo moi Boo mitmache deen, wär isch em noogemachd un hätt em Boo gemachd!

Karl: So machd er velleichd noch iwwer dich her?

Franz: Ja Karl, un wenn isch droo denk, daß der Kerl mit moim Geld ooner druffmachd un alles noimachd, machd mich des ganz verrickt!

Karl: Ei so en Kerl mißd mer en Kobb kerzer mache!

Franz: Die gladde Wänd kennsde nuffmache vor Wut!

Karl: Wenn er werre kimmt, dusd'n kloo mache!

Franz: Der getraut beschdimmt nemmeh doher zu mache! Der machd sich vor Ängschd sicher in die Hos!

Karl: Mit so Machereie machd mer halt allerhand mit!

Franz: Do kann mer nix mache! - Jetzt mach isch mich awwer mol noi un helf moine Fraa beim Beddemache!

Karl: Ui, isch muß aach enoi! - De Kloo hockd nämlich uffem Dibbsche, mol gucke ob er was gemachd hot?

Franz: Doin Kloone hot sich ganz schee gemachd!
Awwer was Anneres, sollde mer heit Owend net emol werre zusamme ooner mache?

Karl: Ja Franz, wenn mer e paar gemachd hot, machd's Lewe werre meh Schbaß!

Franz: Wie mers ledschde Mol ooner gemachd hadde, hatt isch mächdisch ooner in de Kron un hummer geschwor so schnell kooner meh zu mache!
Awwer was machd mer net alles, wenn mer ooner gemachd hot!

Karl: Ja, die Macht vum Woi machd aach die Mächdische machtlos, un machd die Machd zur Ohnmacht!

Franz: Nor, daß die Mächdische bald werre ooner mache, während doi Fraa dich runnermachd, weil de soviel noigemachd hosd!

Karl: Was soll mer do mache? - Soll mer's Buch glei zumache orre is alles blos Mache?

Franz: Waaßde was? mach oofach die Läde zu, mach's Lichd aus un mach dich ins Bett, des isses Besde was de machsd!

Karl: So wern isch's aach mache!
Alla dann, machs gut!

Die ganz Gans

An Weihnachde esse mer immer Gans.
Meerschdens e ganz Gans.
Aach - die - Weihnachde, isch sags ganz ehrlich, hummer werre e ganz Gans gess.
Als mer die ganz Gans ganz gess hadde, war' mer ganz, ganz satt.
Aach neegschde Weihnachde werre mer werre e ganz Gans esse.
Ob mer die ganz Gans allerdings dann widder ganz packe, des kimmt ganz uff die Greeß vun dere Gans oo.
E ganz Gans ganz zu esse, kann ganz schee Beschwerde mache.
An erre ganz Gans kann mer sich nämlich ganz schee de Maa verrenke.
Des sollt mer immer bedenke, eh mer e ganz Gans ganz verzehrt.
E ganz Gans ganz zu esse machd oom nämlich ganz schee ferdisch.
Am beschde fer die Gesundheit is, wenn de Fuchs die ganz Gans schdiehld.
Dann kann mer sich unner de Weihnachdsboom hocke un singe:
„Fuchs du hosd die ganz Gans geschdohle bring se werre her!"
Awwer isch glaab des Lied zu singe is ganz umsunsd.
Der Fuchs bringt die ganz Gans nie meh ganz zurick, des is ganz uumeechlisch.
Der werd wohl die ganz Gans fresse, weil er ganz, ganz hungrisch is.
Wenn mir Hunger hunn, fresse - äh, Verzeihung - esse mer aach die ganz Gans ganz un soin hinnenoo ganz, ganz satt
vun dere ganz Gans.
Jetzt waade mer werre bis es neegschd Johr werre e ganz Gans gibt.

Ob mer awwer dann werre die ganz Gans ganz esse, des waaß mer net ganz genau, ganz ehrlich.
Mer mißd halt emol sieh, ob mer neegschd Johr e ganz Gans ganz, ganz billisch kriet, am beschde wärs die ganz Gans ganz umsunsd.
Dann deed uns die ganz Gans werre ganz, ganz gut schmecke.
Velleichd wärs awwer aach emol gut, wenn mer die ganz Gans emol ganz vergesse deen un deen Weihnachde ganz ohne Gans feiern.
Des wär doch aach emol ganz schee!

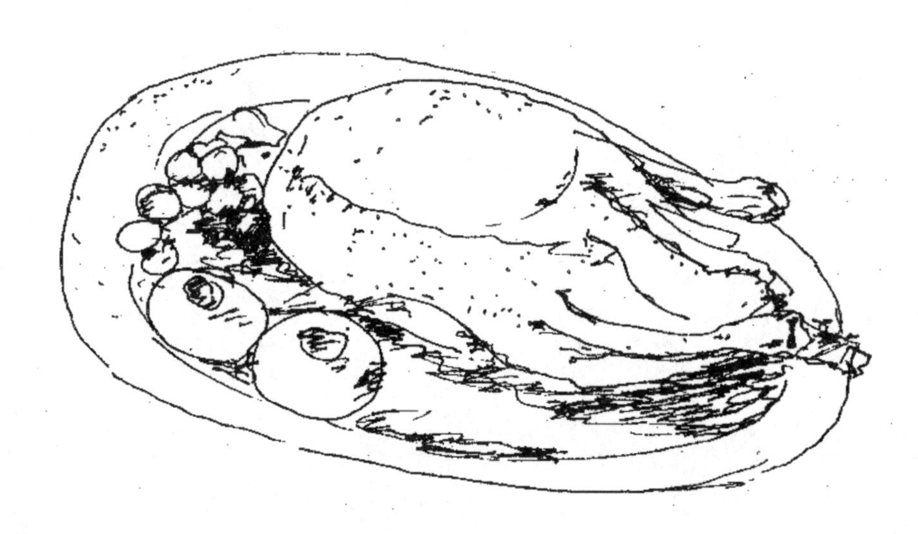

Was e Glick

Bedde mache

Ei guck doch ooner zwaamol hie,
mer kennd jo grad die Gischdern krie,
die Nochbern driwwe, die Susann,
schmußd doch tatsächlich mit ehrm Mann.

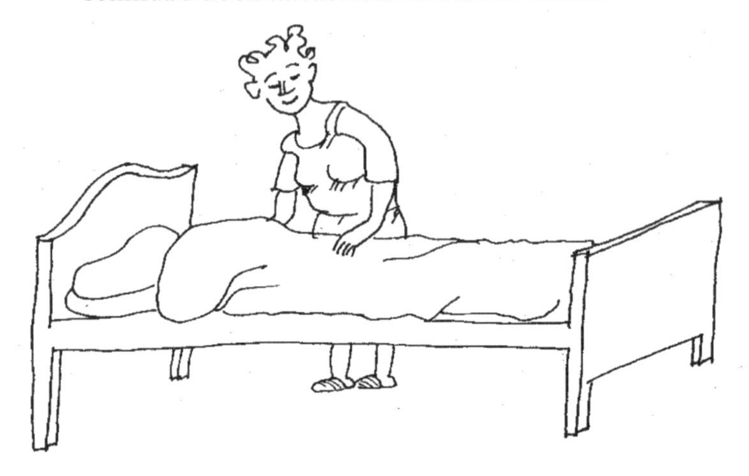

Doch do, mer kanns ganz deidlich seh,
ei is dann sowas net die Heh,
die Schlamp, es is schun elf Uhr acht,
un Bedde soin noch koo gemachd.

„Koo Bedde mache“, schennd die Klär,
des wär e Dodsind, ja uff Ehr,
weil dann die Nochberschafd tralaadschd:
„Die Bedde, was soin die verknadschd!“

De Klär ehrn Schorsch verziehd die Schnud,
un moont: „Im Bett fehlt er de Mut,
doch Bedde machd se immer schick,
- was e Glick!“ -

Tierlieb

Wenn die Katz machd laut miau,
un de Hund er bellt, wau, wau,
de Kanallievool er schärrt,
un de Wellesiddisch plärrd,
lachd die Meiern heiter, froh,
denn sie liebd die Dier'n jo so.

Mache awwer im Parderr,
'S Millers Kinner mol Geplärr,
schreit se laut dorchs ganze Haus:
"Kinner soin en wahre Graus,
nix wie Ärjer - allemal,
Kinnerreich is asozial,
Hunde, Katze, die soin schick,
- was e Glick!" -

Dief unne

Wer unne schdehd, wer unne sitzd
un außerm Hemd kaum was besitzd,
dem hilfd koon Trosd, des is ganz klar,
denn er is aller Middel bar.
So denkt er: „Isch sitz dief im Dreck,
des gude Lewe is weit weg,
de Abfallkorb viel näher is,
drum greif isch noi, mach koo Geschiss
un hol 'eraus ganz ohne Scheu,
was Wegwerf-Bürger werfe noi.
Do find' sich noch manch gudes Schdick,
- was e Glick!"

Scheidung

Die Scheidung, Leit, die is heit „in“.
Mer trennt sich ofd korz no'm Beginn,
geht ausenanner dann mit Krach,
verläßd de Schutz - Familiedach.
Moond ooner jetzt, ob Schulz, ob Lehr,
Vereinischung zu deier wär,
dem sag isch oons nor: „Ganz gewiß,
die Scheidung doch viel deirer is,
Dann brichsde dodebei net's Gnick,
- hasde Glick!“

Frische Fisch?

Weil Hinz un Kunz im Meer rumschiffd,
werd des als mehr un mehr vergifd.
Der Oone der verlierd soi Eel,
de Anner machd's mit Gifd ganz geel.

Die Fisch, die Muschele dun Oom laad,
ei um des Viehzeich is's doch schad.
Gewisselos, so soin die Borsch,
die Fauna, Flora, alles morsch.

De Fischer un die Fischerin,
die soin in de Bredullie drin.
De Fisch, vun Viele heiß begehrt,
is bald net meh des Hoomtraa' wert.

Un so werd immer mehr vum Meer,
versaut mit Gifd, mit Eel un Teer,
mir wohne weg e ganzes Schdick,
- was e Glick!

Leb-kuche

De Lebkuche mer ißd en gern,
er schmeckd uns, des is wohr,
de Schderwekuche bleib uns fern,
wenn's geht noch viele Johr.

De Ausziehdisch

De Ausziehdisch der is begehrt,
un Jeder hot en gern.
Mer zieht en aus, wie sichs geheerd,
fer Dame odder Herrn.

In England - ei des schdimmd jo wohl,
gibts sowas ebenso,
nor nennt mer'n - ei des is en Kohl,
halt „Striptease-Table“ do.

Hausdiern

Hausdiern, die soin heit modern,
ob Katz, ob Vool, ob Hund,
mer fiehrt se oi, ofd aus de Fern',
exodisch un schee bunt.

Aus Afrika soi Hausdier wär,
schdrunzd' unsern Nochber schdolz.
„Moi Hausdier“, lach isch, „echd un schwer,
die is aus Eicheholz!“

Vum Schlachde

E Schlachdsau die is arg begehrt,
sie lifferd Worschd un Fleisch.
E Schlachtschiff, des is garnix wert,
ausschlachde du mers gleich!

Grie - krie

E ganz grie Klaadsche sollt' se krie
beim Summerschlußverkauf.
Sunsd tat se immer weiße krie,
doch Grie hot ewe Lauf.

Die griene Klaadscher soin grad „in",
wer Grie kriet, der hot Glick.
Wer Grie net kriet, hält's halt im Sinn,
bis Grie net meh de Tick.

Wenn Grie dann net meh Mode is,
dann kriesde Grie a Mass,
doch Grie zu krie, des is gewiß,
machd dann beschdimmd koon Schbaß.

Fer Ooner namens Krug

De Krug, wer kennd des Schbrichword nicht,
der geht zum Brunne bis er bricht.
Isch frog mich jetzt vun schbäd bis frieh:
"Wo gehe Schulz un Meier hie?"

‘s schwache Geschlecht

Des schwach Geschlecht werd ofd ganz schdark,
zu - bei de schwache Schdunn.
Is er en Schwächling, dann werds arg,
schun geht er vor die Hunn’.

Soi schwach Seit hot se halt erkannt,
un hot en glatt geschaffd.
Zur rechde Zeit, des is bekannt,
kriet aach de Schwache Krafd.

Brauch

Die Tiere wern bei uns geachd.
E bißje schbäder dann geschlachd.
Tierliebe is bei uns halt Brauch,
grad net im Kobb, jedoch im Bauch!

Spiel-Satz...

Beim Tennis Mancher ‘s Racket schwingt,
nor wenn die Dollarnote winkt.
Dreißisch - ferzisch - Spiel - Satz - Scheck,
her de Gorie - Jet - un weg!

Zwaamol Worschd

Des is doch der Worschd worschdegal wer die Worschd ißd,
du Werschdsche!

De Binnemarkt bringt's, ei wie foi,
die Worschd brauch net meh Worschd zu soi.
Behalle dud se ihr zwaa Zipfel,
un aach de Preis, des is de Gipfel!

Auf geht's

Wer dud net gern verreise?
no' Süd, no' Nord, no' Ost,
um annern zu beweise,
daß er net oigerost.

Der Oo, der reist no' Schbanie,
de Anner no Hawai,
en Dridde no' Japanie',
de Vierde no' Schanghai.

Aach unsern Karl machds meechlisch,
is dauern uffem Trabb,
er reißd - un des fasd täglich -
's Kalennerbläddsche ab.

Afder scheev

En Freund, der hot an mich gedenkt
un hot mer „Afder scheev“ geschenkt.
gebrauche deed mers moont er nur,
wenn mer beendischd die Rasur.

Jetzt frog isch mich bei Dag un Nachd,
warum mer so was bleedes machd?
un no'm Rasiere mit viel Mut,
de Bobbes hinne scheeve dud.

Sowas

Koon Gickel weckd morjens die Hingel,
koo Hingel leefd gackernd umher,
mir Mensche wern langsam zu Simbel,
weil nor noch Motore,
betäuwe die Ohre,
un Frehlichkeit gibts bald net mehr.

Zwaa Seide

Jed Problem, des is doch wohr,
hot zwaa Seite, des is klor.
„Unser nämlich“, so seed's Karlsche,
„un dann gibds halt noch die - falsche!“

Video

Was fängt mer mit de Kinn nor oo?
De Ungel waaß do gut Bescheid.
Er hockd se vor de Video,
do isser se ganz schnell geweiht.

Se lerne do uff jeden Fall,
zu krieche un zu ducke - brav,
soin immer „in“ un schdeds am Ball,
wern so zum gut tränierde Schaf.

Uff gut Rhoihessisch: ‘s werd erheet,
die Dollbohrer-Kapazität.
  Mer zählt zum Fernsehadel,
  e dreifach Hoch uffs Kabel!

Die Gebiehr

Die Gebiehr, die Gebiehr,
ja sie is der Ämter Zier.
Gibsde mir die Gebiehr,
kriesd’n Schdembel du defier.
Zahl gebiehrend Gebiehr
un gebiehrend dankt mer dir,
mit Gebiehr, der Gebiehr,
der gebiehret schdeds Gebiehr.
Der Gebiehr also doch -
e gebiehrendes Hoch!

Prosd

Prosd ihr Brieder, singt un lachd,
un schdoßd frehlich oo.
Un wer do e Seiche schlachd,
esse's net elloo.
Prosd uffs Ribbsche, Prosd uffs Kraut,
uff de Mage der's verdaut.
Prost uff alle gute Leit
un e Prosit uff die Freid!

Rhoihessemäd

Aach die Susann' un die Marie
denke rhoihessisch,
se soin halt vun hie'.
Wer sich do sorschd,
des is uns worschd,
hebt nor die Glässer,
aach Mädscher hawwe Dorschd.

Kreislauf

Des Glas is leer!
De Woi war gut!
Jetzt geht er de Weg alles Irdischen!
Die Bach enunner!
De Bach fließd berchab!
Dorchs Tal.
Dorchquerd 's Land.
's Land geheerd zum Reich.
Reich is gut.
Drum reich mer's Glas, daß isch's
werre voll mach!

SO EBBES

Ei, ei, ei..

Des beschd beim Friehschdick, wie es sei,
is immer noch des Friehschdicksei.
Wenn des im Becher vor der schdeht,
dir ‘s Wasser uff de Zung vergeht.

Doch glei doi Fraa dich warne dud,
des Cholestrin wär garnet gud.
Voll Ärjer schdeisde uff, hopp, hopp
un schleesd dem Hingel ab de Kobb.

Am neegschde Dag haaßd’s: „Hock dich hie,
mer esse Reis mit Hingelsbrieh!“
Beim Friehschdick awwer - oh Malheur,
bleibt jetzt de Eierbecher leer.

Verwünsche dusd den Dokder jetzt,
der so doi Fraa hot uffgehetzt,
weil’s Cholestrin schdeigd - frank un frei,
als weider - aach mit ohne Ei.

Friedhofsgebabbel

Do schdeh isch werre mol - mit viele annern Leit - uffem Kerchhof.
Beerdischung, en langweilische Kram.
No ja, denk isch, - no ja, denk isch efdersch wenn isch noodenk.
An dem Dag hunn isch awwer noch weidergedenkd.
Isch hunn nämlich gedenkt: „Gut, daß de net de Haubddarschdeller bei dere Verooschdaldung bisd!"
Fünf Minude - e halb Ewischkeid - schdeh isch jetzt schun do, un der Parre kimmt immer noch net.
Wo er nor werre bleibt?
Velleichd hockd er noch wo un trinkd gemiedlich soin Halwe, während unseroons do schdehd un die Haxe verfreerd.
Gut, daß de Karl newer mer schdehd, do kann mer doch wenigsdens e bißje babbele.
„Hosde doi Kardoffele schun drauß?" froo isch en.
„Isch mach des Johr koo naus!" moont er un außerdem deen se sowieso nor Pomm-fritt esse.
E paar Grumbeere deed er awwer nausmache, horrer gemoont.
Halt so fer de Hausgebrauch un fer's Seiche.
Wenn se dorch die Sau gang wärn, deen die Grumbeere am beschde schmecke.
„Wem seesde des!" hunn isch en beschdädischd.
En Aablick war Ruh, dann hunn isch werre oogefang: „Guck doch emol do driwwe, 's Schmidde Erika, wie die werre uffziehd!" „Was e Heuchlerin, hot e hell Klaad oo un flennt aach noch!"
De Karl hot mer glei beigepflicht un gesaad: „Fer alle Ferz, wie SOS Kinnerdorf, orre Brot fer die Welt, do hunn se Geld, awwer emol e schee schwarz Klaadsche fer die Beerdischung kaafe, do is bei dene nix drin!"
„Do soi mer doch annere Leit!" hunn isch geantwort.
„Ei isch zieh sogar noch lange - schwarze - Unnerhose oo!" hunn isch fortgefahr.

„No ja,“ hot de Karl entgeent, „moi soin aach bald schwarz, noodem isch se jetzt verzeh Dag hinnernanner oo hatt!“
„Ewe kimmt de Parre!“ hunn isch en unnerbroch. „E bißje schneller kennt er jo geh, der iwwerleet garnet, daß es aach noch Mensche gibt, die was schaffe misse!“
„Do hosde Recht!“ hot mer de Karl glei beigepflicht', „mir treffe uns nochher zum Kaade im „Griene Boom“, do is Pinktlichkeit oogesaad!“ „Wer net pinktlich is, muß e Rund zahle, un isch du e Rund liewer dringe wie bezahle!“
„Isch werr aach langsamm uugedullisch!“ hunn isch mich werre zu Word gemeld, „em halb drei fängt nämlich die Tennisiwwertragung vun Wimbelden oo!“
Jetzt awwer hot mich de Karl geschdumbd un hot mer ins Ohr gepischberd: „Guck nor do, was der Parre ferre dreggische Schuh hot, des hätt's doch frieher net gebb!“ „Meechd nor wisse was dem soi Fraa de ganze Dag schaffd?“ horrer weidergebohrd. - „Katholische Parre hunn koo Fraa!“ hunn isch en uffgeklärd. „Wenigsdens net offiziell!“
„No ja, jetzt drickd er jo gottseidank uffs Tempo!“ hot de Karl jetzt zufridde gegrummt.
„Er werd Dorschd hunn“, hunn isch gelachd. Glei awwer is mer ingefall, daß mer jo uffem Kerchhof nix zu lache hot un hunn e ganz ernschdes Gesichd gemachd, e dodernschdes sogar. So wie sichs uffem Kerchhof geheerd.
Ruck-zuck, war die Beerdischung dann rum. Dank em Karl war se jo aach noch ganz unnerhaldsam gewees.
Wie mer de Kerchhof verloss hunn, hunn isch de Karl gefroot ob er iwwerhaubd wißd wer do beerdischd wär worn.
„Isch waaß es net!“ saad er, „Awwer isch nemme oo, jemand der geschdorb is!“
„Is jo aach egal“, saad isch, „Die Haubdsach is, die Leit hunn uns gesieh!“

Liebeslewe

Was war doch frieher des Lewe schee,
bei uns hier uffem Land.
Was konnt mer do fer Diere seh,
uns isses noch bekannt.

Des Liebeslewe vun de Diern,
war do noch ganz intakt,
mer braucht' se nor wo hiezufiehrn,
schun hot die Sach geschnackd.

Des Kiehsche, ach is des gehibbd,
wenn's ging zum Bulleschdall,
des is jo beinah ausgeflibbd,
so hot em des gefall.

Des Gääßje, was hot's Sätz gemachd,
wenn's bei de Bock is gang,
ei 's Herz im Leib hot dem gelachd,
vor lauder Iwwerschwang.

Die Sau lief froh zum Ewwer hie,
vor Lusd hot se gegrunzd,
des Liebeslewe vun dem Vieh,
heit isses ganz verhunzd.

Aach bei uns Mensche regt sich heit,
so manches kreiz un quer,
künsdlich Befruchdung, liewe Leit,
mer heerds halt immer mehr.

Wenn's soweit is, dann Mensch oh weh,
zähld nor noch Geld un Hatz,
un's Lewe des is net meh schee,
weil alles fer die Katz.

Eviva Espania

De Karl, de Franz un de Hermann, soin jedes Johr no Mallorca gefloo um dort so en richdische Männerurlaub zu verbringe. So warn se aach des Johr werre dort. Wie se hiekumm soin, hunn se erschd emol ehr Koffer uff die Zimmer gebrung, um dodeno glei emol ooner Dringe zu geh. Nadeerlich an de Schdrand. Die Sunn war heiß un der Sangria schdark un so hadde se bald all ooner in de Kron. De Hermann is drum uffgeschdeh um sich im Sand e bißje die Fieß zu vertrede. De Geisd war willisch, awwer 's Fleisch war schwach un so is der Hermann bletzlich umgefall un hot im Sand gelee wie en Fisch uffem Druggene.
E paar Schdunn hot er do geratzd, bis er werre so langsam zu sich kumm is. Wie er sich jetzt so schlofdoll die Aa geriwweld hot, isser net schlechd verschrock. Geglaabd hot er, er wär im Himmel, weil er gemoont hot er wär vun lauder naggische Engel - mit herrlich weiße Flie'l - umgebb. So schnell kann's gehe - horrer simelierd - un mer is im Himmel. So noo un noo is em awwer soi Gedächdnis werre kumm un er hot gemerkd, daß er am Schdrand gelee hot un die Engel barbusische Mädscher warn, die sich die Flie'l braunbrenne losse. So noo un noo hot er aach gemerkd, daß er sich en defdische Sunnebrand oigefang hatt, un en dichdische Brand hatt er nadeerlich jetzt sowieso. Awwer was en noch meh erschreckd hot, er hot de Name vun dem Hodel vergess gehatt in dem se abgeschdeh warn. Also hot er sich uff de Weg gemachd des Hodel orre die Freunde zu finne. De Name vun der Bleibe issem aach net meh ingefall. Schdunnelang isser do rumgelaaf un hot misse fesdschdelle, daß jo oo Hodel fasd wie's annere aussieht. Schließlich isser ins neegsdbesde Hodel enoi un hot sich an de Rezebzion e Telefongeschbräch no Deitschland vermiddele losse. Soi Fraa war - gottseidank - dehoom. „Horch emol", horrer rumgedruggsd, „du kennsd emol im Reisebirro oorufe un froo'e

wie unser Hodel haaßd, mer hunn nämlich unser Schreiwes verlor wo des alles druffschdeht!"
„Du Doller", hot se in den Heerer noigekresch, „waaßd du dann net, daß mer heit Sunndag hunn?" „Ei do froo doch emol em Karl soi Maria", hot er gemoont, „veleichd waaß die's?"
„Em Karl soi Maria is grad in de Kerch!" hot soi Fraa zurickgebb, „die kann isch also aach net froo'e!" No ja, noo längerem Suche hunn se schließlich em Franz soi Lisbeth uffgetrebb, un die hot's gewißd, wie des Hodel haaßd.
„Tres Palmeras" haaßd's, hot se in de Heerer noigebrilld, so daß em Hermann bald die Ohrn fortgefloo wärn.
„Gottseidank, daß wenigsdens oo vun dene Weibsleit e bißje Gribs hot!" hot er vor sich hiegebrummeld. Wie er dann awwer die Telefonrechnung gesieh hot, hädd er sich am liebsde werre in de Sand geleet, zu de Engel. Er hot se halt bezahlt un dann den Schbanier gefroot, ob er wißd wo des Hodel „Tres Palmeras"

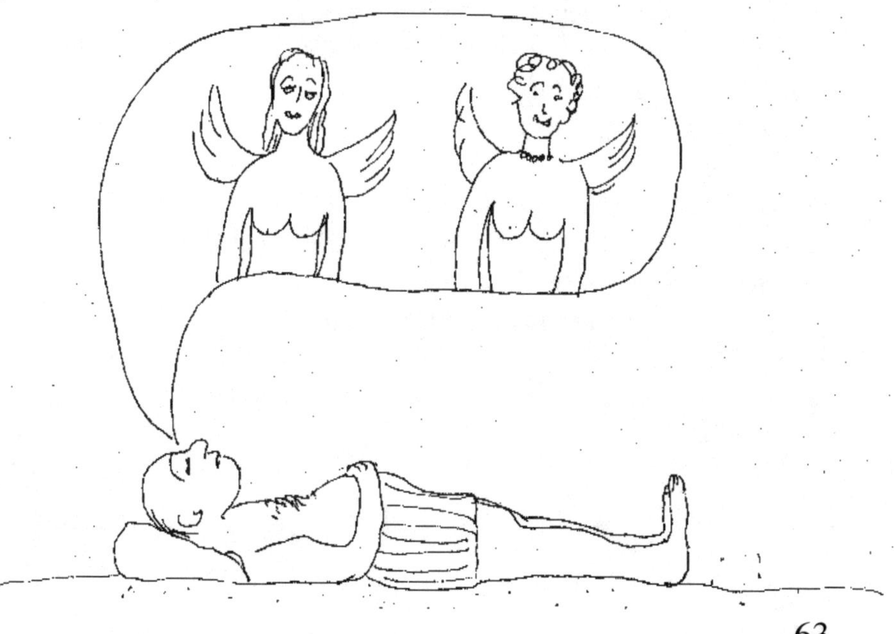

wär. „Si“, hot der gesaad, „Sie hier stehen in Hotel Tres Palmeras!“
„Ach du liebes Bißje“, hot de Hermann geschdehnt, „do hätt isch mer jo den Ooruf schbarn kenne!“
Dann hot er sich noch erkundischd, ob do en Hermann Meier gebucht hätt? „Si“ hot der gesaad, „Hermann Meier hat Zimmer Nr. 111!“
„Du brauchsd net Sie zu mer zu saa!“ hot de Hermann gebrummt, „du kannsd mich ruhisch duze!“
„Si Senjor“, hot der Schbanier werre gesaad.
„Isch hunn der doch gesaad, daß de mich duze kannsd!“, hot de Hermann werre erwidderd.
„Si“, hot der Schbanier lächelnd entgeent.
„Ehr Schbanier mißd noch viel lerne!“ hot de Hermann vor sich hiegebrummd, dann awwer laud gesaad: „Geb mer moin Schlissel, isch soin nämlich de Hermann Meier!“
„Si“, hot der Schbanier werre gesaad, un hot em de Schlissel gebb.
De Hermann hot en genumm un is friedlich uff soi Zimmer gedabbd.
Erleichderd hot er sich uffs Bett falle losse un debei gedenkt: „Moi Persehnlichkeid scheint jo uff den Schbanier en Mordsoidruck gemachd zu hunn, sunsd hätt er mich doch net dauernd mit Sie oogeredd.“
Dann awwer is de Hermann friedlich entschlummerd un im Traum soin em werre die Engel - mit riesische Flie’l - erschiene.
Wollisdisch hot er vor sich hiegelächeld un dann kaum heerbar gepischberd: „Des is wie im siebde Himmel!“
Un im Schlof hot en sogar die schbanisch Lebensart oigehold, hot er doch bletzlich laut geruf: „Si, si, Eviva Espania!“

Fit muß mer soi

Körbererdischdischung is heit groß in Mode orre besser gesaad „in“, wie mer uff neihochdeitsch seed.
Boddiebillding, des schdärkd die Muskele.
Tschogging machd mer um die Boo zu schdärke.
Gymnasdigg, we'e de Beweglichkeid.
Ringer un Boxer hewe die Hantel, daß se schdarke Arme krie.
Tennisschbieler un Fußballer misse vor allem de Zeigefinger un de Daume träniern, we'm Geldzähle.
Schachschbieler dun 's Gehirn träniern.
So wern halt die unnerschiedlichsde Körberpardie'e träniert.
Nor oons, un des is doch heit wohl 's Wichdigsde, hot mer vergess, die Elleboo!
Die brauch mer doch heit am Meerschde, die Elleboo!
Ohne schdarke Elleboo, bisde nor uffem Weg noo unne!
En Elleboo-Schdärkungsverein zu grinde, daß do noch Kooner druffkumm is!
Des deed sich doch mit Sicherheit lohne. Bei dene viele Egoisde, die mer heit hunn, is des doch de wichdigsde Kerberdeil. Ei do deed sichs jo lohne e Elleboopardei zu grinde. Die deed garandierd uff oohieb die 5 Prozend-Klausel iwwerschbringe. Velleichd gibds die Pardei aach schunn, un mir wisse's noch garnet, wer waaß?
Also, isch kann eich nor rode, schdärkt die Elleboo, mer krien immer meh, elleboisdische Zeide!
Horn uff de Elleboo, is heitzudag besser, wie Gritz im Kobb!

Schdau

So in de 70 er Johre hot mer's erschde Mol was vumme Schdau im Radio geheerd. Awwer des war kaum nennenswert. Zwaa, drei Kilomeder, meh war des net. 1990 dann, hunn sich die Meldunge schun uff drei Minude täglich erheet. 1992 warns dann schun bis zu 6 Minude, also doppeld soviel. Heit kenne oom die Schbrecher laad du, die des täglich melle misse. Ei die krien jo Franzele uff die Zung. Im Gejesatz dodezu, krien die Audofahrer Blose uff de Hinnern. Wenn des mit dene Schdaumeldunge so weidergeht - so hunn isch ausgerechend - dauere die im Johr 2000 schun 48 Minude. Hochgerechend wärn's im Johr 2010 dann iwwer 25 Schdunn. Do mißde se jo exdra en Schdaukanal oirichde, weil dodezwische jo gar koo Musik meh bassd. Wenn de do mol verreise willsd, un du erfährsd erschd am Schluß wie's uff deiner Schdreck aussieht, bisde de Katze!
Do kann mer dann de Verkehr vergesse. Also de Schdroßeverkehr.
Do geht nix meh hie un her!
Wenn de also im Audo hocksd, hocksde!
Vorteile hot die Sach allerdings aach.
Mer brauch koon TÜV, koo Werkschdadd un aach koon Schbrit!
Mer hockd nor noch in de Blechkist un horchd Schdaumeldunge.
De Wohnungsmarkd dud des nadeerlich aach entlasde, weil mer jo nor noch im Audo hockd un dene Audoschdandsmoderatore zuhorchd.
So werd's also - bei gleichbleibender Tendenz - im Johr 2010 aussehe.
Jetzt will isch awwer erschd emol die aktuelle Schdaumeldunge vun heit horche!
„Die Autobahn Alzey-Mainz meldet 50 Kilometer Stau, mit steigender Tendenz!" „Ausfahrempfehlung - Straußwirtschaft Auspuffsruhe!"
„Dort gibt es heute ein deftiges Schinkenbrot und eine Silvaner-Spätlese im Angebot!"
Also, nix wie hie, eh's do aach en Schdau gibd!

De Schwanz

De Schwanz, wie doch wohl jeder weiß,
hängt hinnerum - normalerweis,
un is er lang, ganz ohne Bluff,
tret' irgendwer aach emol druff.

Du fiehlsd dich dann, is des net bleed,
ganz oofach, uff de Schwanz getret.
Drum dusde, grad wie's liebe Vieh,
am besde schnell de Schwanz oizieh.

Kaafsder en Fuchsschwanz, sä'sd doi Holz,
schbaziersd im Schwalbeschwanz dann schdolz,
schwänzelnd drauße uff de Gass.
De Schwanz nor jo net hänge lass.

Wenn de die Schul schwänzd, du wersd sieh,
bisde als Schwänzer schnell verschrie',
du hängsd ganz schnell am End vum Schwanz,
un bisd en Schlabbschwanz - voll un ganz!

Modernes Märche

Es war emol e Fraa, die hot an de Haubdschdroß vumme rhoihhessische Dorf gewohnd. Grad geeniwwer hot ehr Schwesder gewohnt. Jeden Dag isse niwwer zu dere Schwesder, orre die is riwwerkumm, um Neiischkeide auszudausche. Uff de oo Schdroßeseid bassierd jo meerschdens was annersder wie uff de anner. Des is lang gut gang. Dann, so Midde vun de achtzischer Johre wars urbletzlich aus.
De Verkehr hatt des Idyll zerschdeerd.
Nor noch unner Lebensgefahr wars meechlich iwwer die Gass zu geh. E Zeitlang hunn se dann mim Telefon kommunizierd, die zwaa Schwesdern. Awwer die Erschidderunge vun dene schwere Lasder hunn des Gebabbel doch aarisch geschdeerd.
Außerdem war's uff Dauer zu deier. Die Zwaa - in ehrm Mitteilungsdrang - hunn sich awwer zu helfe gewißd.
Jede hot sich e Megaphon kaafd, un so hunn se sich iwwer die Gass - un iwwer de Verkehr eweg - ganz gut unnerhalle kenne.
Die Nochberschafd hots zuneegschd net geschdeerd, hunn doch die Leit so alles briehwarm erzähld kriet, was sich so Neies ereigent hatt. Bis die zwaa bletzlich ehr Theme gewechseld hunn. Jetzt hunn se nämlich oogefang iwwer die Nochberschafd herzuziehe.
Des hot net lang gedauerd, un se hann e Klag am Hals.
Awwer net wee Verleumdung, wie mer oonemme mißd, naa, wee Ruheschdeerung.
Der Oowalt vun dene Kläger hot nämlich gemoont, daß Ruheschdeerung meh Erfolgsaussichde hätt.
Die zwaa Schwesdern hunn nadeerlich glei degeegehall, daß der Verkehrslärm jo ungleich lauder wär, wie ehre bißje Gekresch.
Mit der Argumendation hunn se awwer newers Nesd geleet. Der Richder hot nämlich gemoont, Verkehrslärm - egal wie laut er aach is - wär zumudbar, deen doch dorch de Verkehr e ganze Menge Leit ehr Geld verdiene.
Ohne Verkehr - beischbielsweis - breicht mer viel wenischer

Richder. Aach an die Polizei mißd mer denke un an die Knolle die die verhänge. Eelindustrie, Reifeherschdeller, Audofabrikande, de TÜV, alles Meechliche hot er oogefiehrd, warum en Bürger orre e Bürgerin den Verkehrslärm hienemme mißd.
Wie dann die Schwesdern aach noch ins Feld gefiehrd hunn, daß er gut redde hätt, weil er schee ruhisch am Ortsrand wohne deed, do hadde se's bei dem Richder ganz verschisse. E safdisch Bußgeld hot er ne uffgebrummt.
Wutschnaubend soin se aus dem Ungerechdischkeitstempel - wie se gemoont hunn - nausgeschdirmd. Awwer die Rache is uffem Fuß gefolgt. Dene Nochbern hunn se gebb. De oone hunn se wee Ruheschdeerung verklagd, weil dem soin Hund so laud gebellt hot. De Neegschde, weil de Gickel so laud gekräht hot. En Dridde, weil die Katz so laut miaut hot. Se hunn misse all ihr Viehzeisch abschaffe, weil der Richder - getreu soim Motto beim Schwesdernurteil - urteile mußt.
Die Schwesdern hadde also letztendlich doch noch obsiegt.
Bletzlich war's also in der Gass dodeschdill.
Außerm Verkehrslärm nadeerlich. Awwer wie gesaad, der Richder muß den jo net heern.
Die Kinn awwer hunn mit de Zeit immer meh Allergie kriet, dorch die viele Abgase, de Lärm hunn die schun nemmeh mitkriet. Awwer gee de Verkehr kann mer net klage, do is alles Zabbeduschder. Bei de Politiker geht glei garnix. Die soin noch net emol in de Lag e klitzekloo Geschwindischkeitsbegrenzung oizufiehrn.
Die wohne jo aach all net an de Haubdschdroß, genau wie de Richder.
An dere wohne immer die, die nix zu saa hunn, wie - zum Beischbiel - die zwaa Schwesdern.
Weil die also jetzt net meh in de Lag warn zuenannerzufinne, hunn se beschloss, en Tunnel unner de Schdroß dorchzugrawe.
Die Oo vun de oo, die Anner vun de anner Seit.
Un wenn se net geschdorb soin, dann grawe se heit noch!

Die Dicke

Schun de Julius Cäsar hot gesaad: „loßd dicke Männer um mich soi!“ Wohlwissend, daß dicke Männer gemiedlich soin un daß vun dene koo Gefahr ausgeht. Was beim Cäsar Gildischkeit hatt, is doch beschdimmt heit aach noch güldisch, orre?
Jeder Wert - beischbielsweis - freit sich doch wenn en Dicke an de Dier roikimmt. Do waaß er glei, do werd was umgesetzt.
Die Dinne, die schdudiern immer zuerschd die Preise, um dann doch nor en halbe Handkäs un en halwe Halwe zu beschdelle.
Kimmt en Dicke in e Bekleidungsgeschäfd, lacht dem Verkäufer glei ‘s Herz. Er waaß, jetzt falle werre e paar Quadratmedercher Oozugschdoff oo. Bei so me Derrabbel lohnt sich jo net de Zennimeder uffzumache, denkt der Verkäufer. Un dann, so denkt er weider, feilsche se um jeden Penning. Die Dicke awwer, die freie sich, daß ehrn Bauch werre schee verschdeggeld is, bezahle de verlangde Preis un vergesse aach net ‘s Widderkumme.
Aach wenn en Dicke zum Friseur kimmt, lachd dem Schnudebutzer glei ‘s Herz vor Glick. So’n scheene gladde Kobb, des machd doch beim Hoorschneide richdisch Schbaß. Bei dene derre Runzelkebb bleibt jo dauernd ‘s Maschinche hänge. Mit Akkord is do nix drin.
Vor korzem hunn isch Derrabbel beim Friseur gehockd, do war grad so en Dicke vor mer. Drei Hoor hatt er noch uffem Kobb. Isch hunn noch gedenkt, fer was geht en der zum Friseur, awwer do hot der schun gefroot, wo er heit de Scheitel hie hunn wollt. - „Links“, saad der Mann.
Wie der Frieseur jetzt an dene drei Hoor rumkämmt, is oons devun abgebroch. „Ach du liebes bißje!“ so saad er, „Herr Meier es dud mer schrecklich laad, awwer des oone linke Hoor is abgebroch, was mache mer’n jetzt?“ „Ojee!“ hot de Meier geschdehnd - Ojee schdehnd de Meier immer wenn er Sorje hot - „do mache mern halt notgedrunge rechts hie!“ Wie der Friseur jetzt an dem rechde

Scheidel rumgeschaffd hot, is em uglicklicherweis aach des rechde Hoor abgebroch. Der Friseur is ganz blass worn, warn doch die paar kimmerliche Hoor de ganze Schdolz vum Meier. Was wolld er awwer mache, er hot sich e Herz gefaßd un em Meier des Uglick mitgeteilt.
„Jetzt hummer noor noch oo Hoor zur Verfiegung, was mache mern jetzt!" horrer de Meier gefroot. „Was bleibt uns anneres iwwerisch" hot der geantwort, „do losse mer se hald schdruwwelisch!" So gemiedlich kenne halt nor Dicke soi.
Drum soin se aach iwwerall gern gesieh.
Nor bei de junge Fraue, - so heerd mer immer werre - do wärn Dicke net so beliebt.
Die junge Fraue, die gehn nämlich gern ins Bett.
Leit jetzt so en Dicke newedroo, hot mer so wenisch Platz,
un was isses End vum Lied?
Morjens hot mer net ausgeschlof.

Hilfe

Entwicklungshilfe.
Wie die funktionierd?
Des is ganz oofach.
Die Reiche aus de arme Länner, krien ihr Geld vun de Arme aus de reiche Länner.
Die Reiche aus de reiche Länner, krien 's Geld vun de Arme aus de arme Länner.
So segensreich is die Entwicklungshilfe.
Wenn mer die Reiche heerd, kennt's ruhisch so bleiwe.
Die Arme awwer hunn des „Entwicklung" jetzt geschdrech un rufe nor noch „Hilfe!"

Mir is alles worschd

Des is doch der Worschd worschdegal wer die Worschd ißd, du Werschdsche!
So saad der Metzjermooschder beim Worschdkoche in de Worschdkich, zum Lehrbub. Der Worschdathlet vun Azubi, hatt dodruff glei widder soin aldbekannde Schbruch parad: „Wenn des 'erauskimmt, was do 'enoikimmt, kumme mer alle Zwaa noi un nemmeh raus!"
Ja, die Worschd hot's in sich, awwer was se in sich hot waaß mer nie so genau, außer bei de Bludworschd.
Vor allem hot jeder Metzjer e Geheimrezebd fer soi Worschd. 1500 Sorde solls in Deitschland - em Mekka vun de Worschdathlete - gewwe. Dene annere Länner, die den Worschdkult net mitmache, is des nadeerlich worschdegal.
Obwohl mer so gern Worschd esse, babbele mer doch als emol en ganz scheene Käs. Wenn mer aach emol Käs esse, die Worschd nimmt doch en hehere Schdellewert bei uns oi.
Trotzdem deed niemand oifalle zu saa: „Der hot awwer Worschd gebabbelt!" Mer heerd immer nor des oone - wenn ooner was

dummes erzählt - „Der hot awwer en Käs gebabbelt!“
Mim Worschdesse is des so e Sach.
Frieher wie mer arme Werschdscher warn un große Werschd vertraa henn, hots entwedder koo gebb, orre mer hadde koo Geld. Un so hummer uns misse mit de kloone Werschdscher begnüge. Heit, wo's ganz gut wär wenn mer kloone esse deen, esse mer die große. So wer'n die Werschd un die Beich als greeßer un runder. Des beschde an de Worschd is des Schdick zwische de zwaa Zibbel. - Apropo Zibbel. - Frieher soin die Kinn als bei de Metzjer geschickd worn e Pund Worschdzibbel fer de Hund zu hole, weil se de Vadder so gern gess hot.
Die alde Sorde, wie Blut- Lewwer- Brotworschd un Schwardemaa soin immer noch die beschde. Drum kann mer do aach mit Fug sage: „In de allergreeßde Not, schmeckt die Worscht aach ohne Brot!“ Selbsd Brotworschd kann mer ohne Brot esse, obwohl se doch ausdricklich Brot-worschd haaßd.
Zu de Worschd brauch mer aach e Kordel. Die muß gut geknoddeld wern, sunsd leefd de ganze, gude Inhalt fort, un Jeder schennt: „Was fer en Kordeldebb war en des?“ Kordel un Darm halle also des gude Schdick zusamme bis es gess werd.
Beim Esse werd also de „Darm“ entleert, um sofort in en annere Darm zu wandern. Dann geht die Worschd den Weg alles Irdischen. Mancher Mensch kocht als emol vor Wut. Kocht er beim Worschdkoche vor Wut, is des net gut, weil's do leicht bassiern kann, daß aach der Worschd de Kraa platzt. 's Ergebnis: Des ganze wörschdliche Geheimnis werd in de Worschdsubb blosgeleet.
Awwer, wie gesaad, des is de Wörschdscher un aach de Worschd worschdegal.
Worschdegal isses moine Fraa allerdings net, wenn isch vum Schlachdfesd erschd morjens hoomkumm un hunn en Knubbe bis dort 'enaus. Mein Lieber Scholli, do platzt dere aach de Kraa vor Zorn. Des reinsde Konzert is des, so platzt die 'eraus. Doher kimmt wohl aach die Bezeichnung: Platzkonzert.
So geht's uns arme Werschdscher. Mir esse un wern „gesse“.
„Awwer mir is des - genau wie der Worschd - worschd!“

Wie de dich unbeliebt machsd

Vor alle Dinge mußde ehrlich soi.
Ehrlich - so heerd mer immer werre - währt zwar am längsde, awwer beliebt machd mer sich mit Ehrlichkeit net.

Du mußd frei rausredde un aus doim Herz koo Mördergrub mache. - Vun de Lung - wie mer so seed - uff die Zung.
So wächsd doin Beliebdheitsgrad uff koon Fall.

Du mußd doi ehrlich Meinung aach zu Babier bringe, damit ‘s Jeder noolese kann un du doi Unbeliebtheit aach glei dokumentiert hosd.

Du mußd dich aach fer die Bürger oisetze, in Pardeie, im Rat, orre in annere Gremie.
Je wenischer Geld du dodefor kriesd, umso meh hunn dich doi Mitbürger uffem Kicker.

Du derfsd net im Schdrom mitschwimme.
Du mußd fer e sauber Umwelt oitrede.
Du mußd doin Müll reduziern un Wasser schbarn.
Wenn de des dann aach noch kunddusd, hosde’s bei doine Mitmensche verschisse.
Wenn zwaa minanner pischbern, un du gehsd uff se zu, seesd enne, daß se ehre Geheimnisse offeleje sollde, aach des is en Schdich ins Wespenesd.
Bei dene hosde nix meh zu lache.

Wie de dich unbeliebd machsd?
Du mußd Erfolg hunn, mußd beruflich vorwärtskumme.
Korz gesaad, du mußd also Glick hunn.

Was - so frog isch eich - wär also zu du um allseits beliebd
zu soi?
Vor allem muß mer immer schee soi Maul halle.
Alles so soi losse wie's is, un sich um niemand kümmern.

Wenn de also immer schee ruhisch bisd,
nix zu Babier bringsd,
zu Allem ja un Amen seesd,
Freund un Feind immer Rechd gibsd,
in koom Gremium mitwirksd,
niemand Widerworde gibsd,
genauso singsd, wie de Ton oogebb werd,
vor jedem Armleuchder kuschsd,
koo Geld un koo Eigentum hosd,
un doi Meinung immer fer dich behältsd.

Wenn de des alles schee beherzischsd,
dann - so glaab isch - machsde dich nie unbeliebt.

Allerdings - un des is halt des Manko - bisde dann aach schun
zu Lebzeite begrab.
Do sag isch doch lieber aus ehrlichem Herz heraus:
„Mach dich lieber unbeliebt!"
„Im Sarsch leisde lang genug, un do hosde aach doi Ruh!"

Was Schdraasch

Die Hexenachd

In dere Nachd zum erschde Mai - der sogenannde Hexenachd - is un war - in Rhoihesse immer was los.
Allerdings fehlt bei dene heidische Schdraasch als emol e bißje de Grips. - Des war frieher annerschder. Do hot mer den Brauch mit Lewe erfilld.
Was war's doch so schee, wenn mer an dem erschde Mai-Mojend die Kalkpeedscher verfolge konnt, die oom sofort gezeigt hunn, was ferre Borsch fer was ferre Mäd Intresse hadde.
Ofd hot des e Weilche schbäder zu re Hochzet gefiehrd, die heit längsd versilberd orre vergold' is. En scheener Brauch wars jedenfalls, scheener wie all die oifallslose Tate die heit vun de Jugendliche ofd oogeschdellt wern.
En scheene Brauch war aach 's Maiboomschdelle. Isch moon dodemit net den uffem Dalles, sondern den kloone uffem Dach vun de Oogebetete. Dodezu hots nadeerlich aach e bißje Mut gebrauchd. Un schwindelfrei mußt mer aach soi. So wie de Karl. In erre mondhell Mainachd neunzehhunnertsellischmol is er also am Dach enuffgekledderd wo die Lisbeth gewohnt hot. Mit emme Beemsche, wo er sich uff de Buckel gebunn hatt, isser bis an de Schornsde gekrawweld. Do hot er dann soin Liebesbeweis ins Kaminloch geschdobbd. Dodenoo hot er aach noch e paar bunte Bänner droogebunn, daß des Ganze aach e bißje farbefroh ausgesieh hot. Naachds konnd mer des nadeerlich net erkenne, weil naachts jo bekanntlich alle Katze grau soin. Awwer am Dag, so hot er gedenkt, gibt des beschdimmt e schee Bild ab.
Grad wolld er sich werre uff de Rickweg mache, do is e Zie'l unnerm dorchgebroch, en Schlag hots gedoo, un er is uffem Aasch des schdeile Dach enunnergerutscht. Die Hohlzie'le hunn die Fahrt

ganz schee beschleunichd un so isser, wie en Schlidde uffem Eis, immer schneller worn. Zack, war er aach schunn iwwers Dach enausgefloo un soin Hilferuf hättem nix genitzd wenn...ja wenn do net die Meschdkaut gewes wär. Midde uffem Haafe is de Karl - oh Glick - geland', un hot do geschdann wie en Gickel wenn er vum Hingel runnerhibbd.
„Gottseidank!" hot er dankbar vor sich hiegebrummeld, „besser im schdingische Meschd geland', wie Arme un Boo gebroch!"
Der Bauer - de Vadder vun de Lisbeth - hot nadeerlich den Lärm vernumm un hot glei 's Finschder uffgeress.
„Is do jemand?" hot er geruf.
De Karl - inzwische schun werre frech - hot zurickgeruf:
„Naa, do is niemand, nor de heilische Geist!"
Dann awwer is er flugs iwwers Door gehibbd un hot reißaus genumm.
De Mond, als wann er des Treibe verdecke wollt, hatt sich grad fer den Aablick hinner de Wolke verschdeggeld.
Wie er awwer bei seine Freunde geschdann hot, isser werre hinner de Wolke vorkumm, un do konnde se sehe, daß ehrn Freund Karl noch ganz blaß war vun dem Erlebte.
Dodenoo hunn se noch ooschdännisch ooner druffgemachd. Dem Karl soin Land-Dufd hot zwar e bißje geschdeerd, awwer no'm dridde Halwe hatt sich des gebb.
Wie se mojens - als die Gickel gekräht hunn - hoom soin, hatt jeder vun dene Maiborsch en ooschdännische Mairausch. Zwaa Johr schbäre hot de Karl die Lisbeth geheirad - orre heirade misse - wie's domols noch gehaaß hot. Bei jeder Gele'enheit awwer hot er des Schdiggelsche vum erschde Mai verzehld.
Am End hot soin Schwiejervadder immer geruf: „Is do jemand?"
Un de Karl dann immer: „Naa, niemand do, nor de heilische Geist!"
Wie dann en kloone Bub uff die Welt is kumm, hot de Schwiejervadder gesaad: „Des war awwer beschdimmd net de heilige Geist!"

Die Lisbeth awwer hot glickseelisch ehrn Bub gezeigd un ausgeruf: „Is des velleichd niemand?“
Noch heit denkt de Karl gern an die schee Jugendzeit zurick, un verzehld inzwische schun soine Enkel den Schdraasch.
Er warnt se awwer aach immer, sowas zu widderhole. Heit nämlich - so moont er - gäbs koo Meschdkaud meh, die oom's Lewe redde kennd.

Maikäwwer

Maikäwwer flieg,
de Vadder is im Krieg,
die Mudder is in Pommerland,
Pommerland is abgebrannt,
Maikäwwer flieg!

So haaßd e alt Kinnerliedsche, des wo mer frieher gern gesung hunn.
Mer hunn awwer net nor vun de Maikäwwer gesung, mer hunn se aach gefang. En Schuhkartong orre e Ziggakischdsche hot misse als Schdall herhalle. Runderum soin Lecher noigebohrt worn, damit die arme Diercher aach Lufd kriet hunn. E bißje Laab dezu un ferdisch war de Privatzoo.
Es wär nadeerlich langweilich gewes, wenn mer die Diercher nor Schbaziere getraa hätt. Mer hunn gedenkt, annere solle aach was devu hunn. So hummer als emol e paar mitgenumm in die Schul. Ach was war des schee, wenn die iwwerm Kobb vum Lehrer ehre Loopings gedreht hunn.
De Lehrer hot immer zornisch gekresch: „Des hot Konsequenze!“ Awwer dodezu hätt er erschd emol den Iwweltäter finne misse, hummer doch als emol selbsd net gewißd, wer die Brummer losgeloss hatt.

Ab un zu hummer aach e paar mitgenumm ins Kino. Oomol warns so viel, daß die ganz Loiwand bedeckt war un vor lauder Brumme, de Ton vum Film net meh zu heern war. Do wars aus mim Tonfilm. Die Kinobesucher hunn geschennt wie die Rohrschbatze un de Kinobesitzer war rasend. Er hatt uns nadeerlich glei in Verdacht, awwer beweise konnt er nix, hummer doch all brav do gehockd, als wann mer koo Wässersche triebe kennde. Die Dudde, in dene mer die Käwwer mitgebrung hadde, hadde mer nadeerlich zusammegeleet un unners Hemd geschdeggd So is dem Besitzer nix anneres iwwerisch geblebb als de Film oozuhalle, die Fenschder uffzureiße un die Dierscher naus flie'e zu losse. Mit halbschdündischer Verschbädung is dann de Film fortgesetzt worn.
Vun do oo hot der Kinobesitzer e zeitlang an de Kass geschdann un hot noo verdächdische Maikäwwerschmuggler Ausschau gehall. Mer hunn en awwer dann doch noch emol iwwerlist. An dem Dag war mer zu fünfd. Jeder vun uns hot e Kabb uffgehockd, mit zehfuffzeh Käwwer drunner. Des hot zwar ganz schee gekribbeld, awwer was machd mer net alles wenn mer jemand en Schdraasch schbeele kann.
Wie des Lichd im Kino ausgang is hummer brav, wie sichs geheerd, die Kabb abgesetzt un hunn die Käwwer flie'e losse.
Die soin nadeerlich schnurschdracks an die Loiwand gefloo, was uns domols zu der Oonahm verleit' hot, daß Maikäwwer korzsichdisch soi mißde.
Racheschnaubend is glei druff de Kinobesitzer erinngebrummt kumm un hot no uns Ausschau gehall. Meer hann uns awwer vorsichtshalber schun hinner die Dier geschdelld, un wie der drin war, soi meer im Galobb nausgebrummd.
E paar Woche hummer uns dann net sehe loss, bis Gras iwwer die Sach gewachs war. Außerdem war der Besitzer jo froh, daß mer werre kumm soin, hot er doch dodorch soin Umsatz erheed.
Heit kenne die Kinn so koo Schdraasch meh ooschdelle, weils jo

koo Maikäwwer meh gibt. Art fer Art geht - ohne daß mers groß regisdriern - vor die Hunde. Scheenes dags gehn aach noch die Hunde vor die Hunde. Un de Mensch? ob der aach vor die Hunde geht? Manche moone jo, der wär zu schlau um vor die Hunde zu geh'. Awwer isch soi mer do net so sicher.
Awwer oons is sicher, sollt de Mensch doch widder Erwarde ausschderwe, kimmt er uff koon Fall in die Höll. En Mensch muß in de Himmel kumme.
Ihr froot warum?
En Mensch is was Besseres.
Warum?
Ei, hot en Hund, e Katz, en Gaul, orre en Ochs, je e Audo, e Kanon orre e Atombomb erfunn?
Naa, un noch emol naa.
Also is doch de Mensch die Kron vun de Schöpfung.
Un was seed de Schöpfer dodezu?
Garnix! Der schweigt sich aus.
Awwer e ald ladeinisch Schbrichword seed: „Non plus ultra!"
„Bis hierher und nicht weiter!"
Des gilt fer de Mensch genauso, wie fer de Maikäwwer.

Du kriest die Gaaßegicht

De Karl hot efdersch emol ooner iwwer de Dorschd getrunk. Des is jo net schlimm, des mache annere aach. De Karl hots awwer mit de Zeit aarisch iwwertrebb. Bald jeden Owend isser hoomkumm, so voll wie hunnerddausend Mann, so daß soi Lisbeth ganz schee zu knoddern hatt.
Awwer des hot er als garnet mitkriet bei soim Hormel.
Die Lisbeth hot desdewee ehr zwaa Buwe, die jo aach em Karl soi Buwe warn, um Rot gefroot. De äldesde, de Franz war achtzeh,

de jingere, de Kurt sechzeh Johr alt. Se hunn sich also in die Kich gehockd un Kriegsrat gehall, während de Vadder in de Schlofschdubb geschnarschd hot wie en Gaaßbock wo die Fitzerille hot.
„Jetzt hunn isch's!" hot de Franz glei druff ausgeruf. „Was hosde?" hot die Mudder gefroot.
„Ein en Plan!" saad de Franz.
„Kumm", saad er zum Kurt, „mer gehn eniwwer zum Nochber un hole dem soi Gaaß!" „Was willsde dann mit de Gaaß?" hot de Kurt ganz verdutzt gefroot. „Des werschde schun sieh!" hot de Franz gemoont.
Also soin die Buwe eniwwer un hunn die Gaaß geholt. Ehre Sau awwer, die drauß im Schdall geschdann hot, hunn se eniwwer zum Nochber. Wie jetzt de Karl, ehrn Vadder, am Mojend in de Schdall kumm is, isser vor Schreck fasd in Ohnmacht gefall. Schdadd die grunzend Sau, hot die meckernd Gaaß do geschdann. Er war ganz newer de Kabb, hot uffem Absatz kehrt gemacht un is noigelaaf in die Kich. „Lisbeth, Lisbeth e Wunner is gescheh!" hot er ausgeruf, „unser Sau hot sich in e Gaaß verwanneld!" Die Lisbeth hot laut uffgelacht und dann gesaad:
„Jetzt siehsde mol wie weit 's kumm is mit doine Sauferei!"
„E Gaaß, du hosd e bißje was am Schdreißje!"
„Geh doch mit wenn des net glaabsd!" hot de Karl degeegebeffd.
Die Lisbeth druff: „Waad en Aablick, isch muß erschd 's Kaffegescherr wegroome!"
In de Zwischezeit hadde die Buwe die Sau werre ringeholt un die Gaaß zum Nochber zurickgebrung. Wie jetzt de Karl mit soine Lisbeth in de Schdall kumm is, hot er soine Aa net getraut. Friedlich wie immer hot die Sau uff ehrm Platz geschdann un hot gegrunzd.
„Do kriesde doch die Gaaßegicht!" hot er oo iwwers anner Mol ausgeruf, „des gibts doch net, des gibts doch net!"
„Doch des gibts!" hot die Lisbeth geschennt, „du hosd schunn Halluziazione vor lauder Suff!"
De Karl is ganz kloolaut worn un mit hängendem Kobb fortge-

schlech. Vun do oo war urbletzlich Schluß mit dere iwwermäßische Sauferei. Ab un zu isses noch bassierd, daß de Karl ooner hänge hatt, awwer nor en ganz kloone.
Die Lisbeth hot dann nor oons zu saa brauche:
„Denk an die Gaaß!“

Filen Dang(k)

Die Geschichd wo isch do verzehle will, leit schun gut sechzisch Johr zurick.
E Audo zu besitze war domols Luxus. En Mercedes iwwerhaupt. Doch de alt Bohnebrenner hatt Geld un so hot er sich en Mercedes kaafd. Er selbsd is kaum demit gefahr un des war soim Sohn Kurt grad Wasser uff die Mihl. De ganze Dag isser - zusamme mit soim Freund Willi - mim Audo vum Vadder unnerwegs gewes um bei de Mäd Oidruck zu schinne.
Die Zwaa hann's Gewidder im Ranze un hunn gern die Leit uff die Schibb genumm.
So soin se aach emol mim Audo uffem Weg enoi in die Schdadt gewes. Se hunn in dem Luxusgefährt gehockd wie zwaa Lebemänner. Wie se am Ort enausgefahr soin, hunn se de Karl gesieh, der domols beim Bauer Ewald als Knechd geschaffd hot. Mit de Hack uffem Buckel, de Krugg mit Drinkwoi dro hänge, so isser berchuffwärts gedabbd. Wo er hiewollt, hot en de Kurt gefroot. „Enuff an de Wingert uffem Berch!“ hot de Karl geantwort. „Schdei oi!“ saad de Kurt, „mer nemme dich e Schdick mit!“ De Karl - froh, daß er net so weit laafe muß - hot des Oogebot gern oogenumm. Wie se jetzt am Wingert warn, saad de Willi: „Waaßde was, mer nemme dich emol mit in die Schdadt, damit de mol was Anneres siehsd!“ „In er Schdunn soi mer werre do, do kannsde

dann e bißje schneller schaffe, daß de dem Schade beikimmsd!"
Was wollt er mache de Karl, er is halt mitgefahr.
Wie se an de Münsderplatz kumm soin, hot de Kurt oogehall un zum Karl gesaad, daß er grad emol ausschdeie sollt, er mißd nämlich emol wohie, wo er de Karl in soim Uffzuch net mitnemme kennd. Se wärn awwer glei werre do.
Jetzt hot also de Karl in soim schäbische „Blaue Andon", die Hack uffem Buckel, midde uff dem belebde Platz geschdann un hot sich ganz ugemiedlich gefiehlt.
Die zwaa Schlitzohrn hunn nadeerlich net im Traum dro gedenkt, den Karl abzuhole. Die hunn sich lieber in de Bar vum „Wilde Watz" mit de Mäd amisierd.So hot de Karl Schdunn uff Schdunn gewaad un is bald verzwatscherd. Soi Schdick wo er - Gottseidank - im Seckel hatt harrer gess un bald hatt er aach soin Krugg leergetrunk. Die Leit wo annem vorbei soi gang - un des warn net wenisch - hunn en oogeguckd wie e nei Scheierdoor. Mit de Zeit is em die Sach doch e bißje mulmisch worn. Es hot em geschwant, daß die zwaa Filous sich en Scherz mit em erlaubt hann.
Er hot - was sollt er sunsd mache - soi Hack geschulderd un is an de Bahnhof gedabbd. En Bus hot do geschdann, awwer de Karl hatt koo Geld. Er hot Ausschau gehall ob er velleichd en Bekannde trifft, awwer es war niemand zu sehe, der em Geld leihe hätt kenne. So isser in soine Not zum Fahrer gang un hot dem soi Leid geklagt. De Fahrer hot en lang oogeguckt un dann gesaad: „Gut, isch nemm dich mit, du mußd dich awwer unne ins Gepäckfach noileje!"
„Erschdens we'e doim Uffzug un zwaadens we'em Kontrolleur, der eventuell kumme kennt!"
Dem Karl war jetzt schun alles egal, un so isser in des dunkle Verließ gekrawwelt. Wie dann de Bus dehom uffem Dalles oogehall hot, isser bleich-wie em Dod soin Derrfleischreisende aus dem Gepäckfach rausgekledderd. Do unne war er nämlich ganz schee dorchgeschiddeld worn.
Die Leit wo do geschdann hunn - un domols hunn noch viel Leit uffem Dalles geschdann - hunn sich bald kabuddgelachd, wie de

Karl aus soim Schließfach gekrawweld is.
Dehom ookumm, hot de Karl nadeerlich aach noch en Abbutzer kriet, un vun de Herrschafd isser gar vum Nachdesse ausgeschlosse worn. We'e Arbeitsverweigerung, wie de Bauer gemonnt hot.
De Karl war nadeerlich ganz schee bees uff die zwaa Heckeschdricher. Mit de Zeit awwer hot er sich beruhischd, un mit de Ruh is e Idee gebor worn.
E halb Johr schbäre isser in die Schdadt gefahr, diesmol awwer ganz normal uffem Sitz, wie annere Leit aach. Fer Geld kriet mer nämlich Zucker un e Dudd, wie mer so schee seed.
Drin ookumm isser in e Farbgeschäft gang. Die beschd un haltbarst Farb wolld er hunn. Er hot se kriet un is mim neegschde Bus werre hoomgefahr. Die ganz Zeit während de Fahrt horrer vor sich hiegeschmunseld.
E paar Dag schbäre isser zur Tat geschrett.
In er schdockdunkel Nachd horrer Farb un Bensel geschnabbd un is zu's Bohnebrenners ehrm Haus gedabbd. Dort hot wie immer de Mercedes vor'm Dor geschdann, un so hatt de Karl leicht Arwet. Schnell horrer de Bensel gefiehrd un ganz groß „Filen Dang" uff den noble Wage gemolt.
Als de alt Bohnebrenner mojens des Audo gesieh hot, hot en bald de Schlag getroff. Er hot glei soin Kurt gefroot, was des zu bedeide hätt. Der hot en ganz rode Kobb kriet, hot awwer mit de Schulder gezuckt, obwohl er genau gewißd hot, daß do der oofällisch Karl - der scheinbar doch net so ganz oofällisch war - dehinnerschdegge muß.
Zu lache hatt de Kurt, mitsamt soim Freund Willi, jetzt awwer nix meh, un's Audo hunn se aach nemmeh benutze derfe.
Des hann se devunn.
Se warn also am End die Gelackmeierde.
De Karl awwer hot am neegschde Dag werre im Wingert geschdann un hot schmunzelnd die Hack dorch die Scholle danze loss. Un dann horrer vor sich hiegemurmeld: „Wer zuletzt lacht, lacht am Beschde!"

Brandwoi

So in de fuffzischer Johrn wars, als des Schdiggelche mit'm Franz basseerd is.
De Franz war ooner vun meine Freunde. Insgesamt awwer war mer fünf, die immer zusammegehockd un Schdraasch ausgeheckt hunn. In die Werdschafd konnt mer domols net so ofd geh, weil's Geld gefehlt hot. Dorschd indes hot mer aach do gehatt, genau wie die Leit heit aach.
Wie mer jetzt so drocke do gehockt hunn, is Oom die Idee kumm beim Karl in de Keller zu schdeije un e bißje was ruffzuhole. De Karl, des war domols de oonzische Winzer, der meh wie's Übliche im Keller leije hatt.
Geizisch war er nadeerlich aach, de Karl, wie die meerschde Leit wo viel hunn. Er war sogar so geizisch, daß er sich selbsd noch net emol en Schluck vun de „Schdernwand" gegennt hot. Zur Erklärung, an de Schdernwand hot frieher immer de Beschde gelee. Bei dem also, wollde mer uns e paar Lidderscher hole. Nor we'm Dorschd, also Mundraub.
In den Keller zu kumme war jedoch net so ganz oofach, war er doch aarisch dief.
Mer hunn also beschloss' Ooner amme Saal nunnerzulosse. Ganz demokradisch hummer's ausgeknobeld. De Franz hot's getroff. Ruck-zuck hummer'n ans Saal gebunn, un glei druff war er drunne. Hinnenoo hummer noch zwaa Dreilidderflasche nunnergeloss.
De Franz hatt aach bald des Faß gefunn wo de beschde Woi drin war un hot glei mim Abfille oogefang. Die erschd Flasch horrer glei ans Saalche gebunn un meer hunn se hochgezoo.
Grad hatte mer des Saal werre nunnergeloss, hots Alarm gebb. Feieralarm. Mer hunn uns ganz erschrock rumgedreht un hunn misse fesdschdelle, daß es grad schräg hinner uns, beim Meier-Schorsch gebrennt hot. Die Feierwehr is aach schun mit Gerassel ookumm.

Rette sich wer kann, hummer gedenkt, schnell noch ‘s Saal hochgezoo, un husch war mer fort. De Franz - was sollde mer annerschd mache - hummer soim Schicksal iwwerloss.
Der Ärmsde awwer hot jetzt in dem diefe Keller gehockd un hot soi Lag iwwerdenkt. ‘s gab awwer koo Mechlichkeit - elloo raus-zukumme.
Des Kellerloch war zu hoch, un die Deer war gut verschloss’.
So hot er sich in soi Schicksal ergebb, des sich indes noch ganz gnädisch dargeschdellt hot.
Erschd emol hot er sich dichdisch am Karl soim beschde Woi gelabt, un do konnt er garnet genug devunn krie.
Wie er dann de Kanal voll hatt, hot er sich en alde Sack geschnabbd der in de Eck gelee hot un hot sich hinner die Fässer begebb, soin Rausch auszuschlofe.Mojens isser ganz verkatert wach worn un hot garnet glei gewißt wo er is.
Des besde um sich vum Kater zu befreie - so hot er gedenkt - des wär wohl wenn er glei noch emol en dichdische Schluck vun dem Schdernwandwoi nemme deed. Des hot er aach gemachd un hot dann gewaad, was de Dag bringe werd.
So ge’e Elf werds gewes soi, als er en Schlissel geheerd hot rabbele. Un richdisch, glei druff is die Dier uffgang un de Karl is in de Keller kumm. Jetzt war de Franz hellwach. Wie en Blitz is er hinner die Fässer geschlubbd un hot gewaad uff e günsdisch Gele’enheit. Wie de Karl uff de anner Seit vum Keller war, isser flugs hinneraus, hot soi zwaad Dreilidderflasch geschnabbd, gefillt mit dem gude Schbädleswoi un is uff leise Sohle trebbuff gang. Beinah war er drowwe, do isser mit de Flasch ge’e e Schduf kumm. De Karl hot glei uffgehorchd un hot sich rumgedreht. De Franz war awwer genau so fix, hot sich umgedreht un is geisdesge’-ewärdisch die Trebb werre runnergang, die Flasch in de Hand. Er hot halt so gedoo, als wär er grad an de Deer rinkumm.
„Herr Bammel!“ hot er geruf, so hot nämlich de Karl mit Noname gehaaß, „isch wolld eich die Flasch bringe, die hot drauß uff de

Schdroß geschdann!" „isch nemme oo, daß die vun eich is, un daß die vun de Feierwehr do schdeh loss worn is.
Isch hunn hald gedenkt, daß ehr die dene schbendierd hann.
„Vun mir is die net!" hot de Karl gelacht, „hunn isch schun emol ebbes schbendierd?"
„Dann is jo gut!" saad de Franz, „do nemm isch se hald werre mit!"
De Karl, un des war die greeßd Sensation, hot em noogeruf: „Waad, isch gebb der noch e Flasch mit, weil de so ehrlich warsd!"
Ehrlichkeid, so hot er gemoont deed mer heit net meh so ofd ootreffe.
No ja, de Franz hot sich des net zwaa Mol saa losse, hot jetzt die zwaa Flasche unner de Arm geklemmt, unner jeden oo, un is quietschvergniegd hoomgang.
Iwwerischens, e paar Johr schbäre hot de Franz em Karl Bammel soi Dochder geheirad un hot dodemit all den gude Woi mitgeheirat.
Mer hunn uns dann efdersch emol beim Franz getroff un hunn diesmol ganz legal den gude Woi probierd. Den Brandwoi, wie er bei uns immer gehaaß hot.
Mer hunns koom verzehld, un isch soin jetzt de Erschde der des Geheimnis vum Brandwoi lifde dud.
Heitzudag brauch mer so Schdraasch net meh oozuschdelle, hot doch faschd Jeder genug Geld sich e gut Flasch Woi zu kaafe.

Die Wett

De Addi war en lusdische Borsch un en gude Halwe hot er aach net verschmäht.
So war er aach debei wie sich e Gadd vun junge Männer, no ja, besser gesaad geschdannene Männer, in de Wertschaft am Dalles zusammegefunn hatt um ooner druffzumache, wie mer uff gut rhoihessisch seed.
Oofang vum Krieg wars, un die Zeide warn do schun nemme so lusdisch. No e paar Halwe jedoch is die Schdimmung - trotz Krieg - immer ausgelossener worn. Wie se all schun e bißje indus hadde, hot Ooner die Redd uff de Borjermooschder gebrung. En Gernegroß un en Wichdischduer wärs, horrer gemoont. Se hunn em all beigepflicht, un die Witz iwwer den Owwerbonze - er war nämlich aach Ortsgruppeleider - soin als kecker worn. De Addi hot dann vorgemacht wie er in soine SA-Uniform mojens zum Rothes marschierd. Se hunn all gebrillt vor Lache, weil de Addi des so gut immidierd hot.
Wie se noch e paar Halwe weggebutzt hadde, hot de Addi de Deifel gerett. E Wett horrer oogebott. Am neegschde Dag wolld er de Borjermooschder mim Fahrrad umfahrn. E Audo hatt jo domols kaum Ooner.
Um e Schditz Woi horrer gewett, un die Annern hunn all degee gehall. Des hot em jo sowieso kooner zugetraut.
Des mit dem Freiwoi war nadeerlich e herrlich Aussicht, un daß den de Addi bezahlt, dodevunn warn se all iwwerzeichd.
Der kloo Addi un den Borjermooschder umfahrn, naa, naa, des war dann doch zu komisch.
Doch so schmächdische Kerlcher hunn's manchmol faustdick hinner de Ohrn. De Addi jedenfalls is am neegschde Mojend uffs Rad geschdeh un zum Dalles gefahr.
Wie jeden Dag, is aach an dem Mojend bald des Hofdoor vum Borjermooschder uffgang un der Owwermaschores is majestätisch iwwer de Dalles marschierd.

Dem Addi hot ganz schee soi Herz geklobbd. Dann awwer hot er sich oons gefassd un is uff den ordensgeschmickde Bonze druffzugefahr. Mit em Vorderrad isserm genau zwische die Boo gefahr un hot em de Lenker in de Bauch gerammt. Umgefall isser wie en Mehlsack un hot dann uffem Boddem gelee wie en Maikäwwer. Schoiheilisch hot de Addi geruf: „Heil Hitler Herr Borjermooschder, isch hunn se jo ganz iwwersehe!“

Hilflos horrer so en Aablick gelee, de Addi hätt en kenne eh net uffhebe. E paar Passante hunn en dann werre uffgericht.
Wie er werre in soine ganz Pracht vor'm Addi geschdann hot, hatt er aach soi Selbsdvertraue werre gefunn. Ui, hot der den Addi runnergebutzt.

Wie er sich wage kennd e Hauptvertrauensperson vum Führer so oozurembele. „Des hot Folge!“ hot er gebrillt. Dann awwer isser schdolz wie en Schbanier in soi Allerheiligsdes marschierd, wo iwwerlebensgroß soi Idol, de Hitler an de Wand gehang hot. Er hot zu'm uffgeguckd un geruf: „Gell du moonst aach, daß mer den Iwweltäter beschrofe misse!“ Er hot des Schweige vun dem Owwernazi als Beschdädischung uffgefaßd un den Fahrradheld bei de Wehrmacht empfohl, obwohl der garnet wehrtauglich war. Korz druff is de Addi tatsächlich ingezoo worn.
Zuvor awwer hadde se die Wett oigeleesd, die de Addi zu me hohe Preis gewunn hatt. Se hunn noch emol bidderbees ooner druffgemachd, awwer was hots genitzd, de Addi hot misse in de Krieg ziehe, bis zum bittere End 1945.
Er is zwar werre hoomkumm, awwer er war net meh de Alde.
E paar Johr schbäre, 's war grad Sängerfesd, isser bletzlich geschdorb. Noch uffem Dodebett horrer gelächeld un gesaad:
„Awwer moi Wett die hunn isch gewunn!“

E Attentat

Jed Woch hot sich de Freundeskreis vun de Sechzischjährische im Griene Kranz getroff. Zwische zeh un fuffzeh Persone warns immer. Gesellischkeit is oofach schee, so hunn se gemoont. Witz hunn se verzehlt, Schbrich geklobbd un geloo hunn se aach, daß sich die Balke geboo hunn. No'm dridde Halwe hunn se gewehnlich e Lied oogeschdimmt. Net schee awwer laut.
Vor korzem warn se werre mol beisamme un hunn lang oogehall. Am Schluß, se warn schun ferdisch fer hoomzugeh, hatt de Franz die Idee noch ooner auszugewwe. Un weil der so geizisch war un noch nie ooner ausgebb hatt, soin se all doblebb. Rund um die Thek hunn se sich gruppiert um uff des seldene Ereignis

oozuschdoße. De lusdischsde war wie immer de Karl. Midde in de Meute horrer geschdann un hot dauernd 's Word gefiehrt.
An dem Dag hot en de Deiwel gerett, un so hot er ganz, ganz sachde ooner ziehe losse. Un zwar ooner mit Schmagges.
Pianissimo - deed mers musikalisch bezeichne.
Zeh orre fuffzeh Sekunde schbäre hot sich de Erfolg oigeschdellt.
Ooner hot empört uff de Anner geguckt un die Nos gerümpfd.
Kooner wolld die Verantwordung iwwernemme, un wie sollt er aach, wenn er's net war. Des is wie bei me Attentat wo mer zwar 's Opfer awwer net de Täter kennt.
De Karl hot sich als erschder zu Word gemeld' un ausgeruf:
„Wenn sich der Täter meld', gebb isch glei noch ooner aus!"
Daß sich kooner gemeld' hot leit uff de Hand, weil se jo all uschullisch warn, außerm Karl nadeerlich un den hatt jo vun vorneweg kooner in Verdacht.
Des is wie im effentliche Lewe orre in de Politik. Die, die immer nor iwwer annern redde un uff se deide, kumme nie selbsd droo.
En Aablick war alles ruhisch, dann hot de Karl ganz padedisch ausgeruf: „Also Leit, isch will's eich geschdehe, isch war der Iwweltäter, un drum gebb isch eich jetzt aach noch ooner aus!"
„Seid werre gut un verzeiht mer!"
Awwer soviel de Karl aach plädierd hot, kooner hot's em abgenumm, weil Jeder weiderhie Jeden verdächdischd hot, nor net de Karl. Der war iwwer alle Zweifel erhabe.
Mißmudisch soin se all uffgebroch um hoomzugeh.
Woche hots gedauerd bis se sich emol werre oogeguckd hunn.
Sieh'ner so is des im Lewe, seed ooner mol die Wohret kriet er net geglaabd.
De Karl awwer hot gedenkt: Was die Leit so zimperlich soin.
Wenn se net so zardfiehlisch gewes wärn, hänn se kenne noch ooner uff mich drinke. No ja, so is mers eigentlich noch lieber.
Den Fuffzischer hunn isch werre geschbard. So isses halt im Lewe, un wie schnell werd aus emme Ferzje en Dunnerschlag gemachd.

Die Schneeflock

Wie des Schdiggelsche basserd is, soin isch ins zwaade Schuljohr gang. Isch kann mich gut droo erinnern.
Wohl awwer nor deshalb, weil's moi Mudder hinnenoo efdersch verzehlt hot, un somit die Erinnerung wach blebb is.
Domols hummer in de Schul e Weihnachdsmärche geschbeeld.
Meer Kloone, un zu de Kloone zähl isch mich jo heit noch, hunn derfe aach mitmache. „Es ist ein Ros entsprungen!"
hot des Schdiggelsche gehaß, un de Lehrer hatt de Text geschrebb.
Unner dem Titel konnde meer Kinner uns domols nix vorschdelle.
„Wenn e Ross entschbrung is", so hunn isch fer mich gedenkt, dann muß mers halt werre oifange.
Erschd Johre schbäre is uns die Ros richdisch uffgang.
Awwer zurick zu dem Schdiggelsche.
Die Hauptrolle soin nadeerlich vun de greeßere Kinn besetzt worn.
Meer Kloone hunn des arisch bedauert, hämmer doch aach ganz gern de Josef, die Maria orre wenigsdens en Hirt geschbeeld. Genau wie noch fünf annere durfd isch e Schneeflock mime. Mer hann die Uffgab - uff e Zeiche - iwwer die Bühn zu wirbele. Halt wie so e Schneeflock.
Jedes hatt aach en Satz zu saa.
Moiner hot gehaaß: „Frau Holle schickte mich hierher, ich bin ganz zart un garnicht schwer!"
Awwer des Auswennischlerne hot mer domols noch net gelee un leit mer aach heit net. Immer werre hunn isch mich bei de Probe verbabbeld, un de Lehrer hot bald was an sich kriet.
Dann war's endlich soweit, un die Uffiehrung konnt schdaddfinne.
Alles is prima gelaaf. De Leit soin sogar als emol die Träne kumm.
Isch hunn allerdings heit noch de Verdacht, daß des eher vum verhaldene Lache hergeriehrt hot. Meer „Schauschbieler" hunn nämlich den Text ganz schee dorchenanner gebrung.
Dann wars soweit, un die Schneeflöckscher hadde ehrn große

Uffdridd. Oons no'm annere is iwwer die Biehn getänzeld.
Isch hunn derweil hinner de Biehn gebibberd un immer werre moin Text vor mich hiegebabbeld: Frau Holle schickte mich hierher, ich bin ganz zart und garnicht schwer, Frau Holle..
...do isses Zeiche kumm.
Isch soin uff die Biehn geschderzt, net wie e Schneeflöcksche, eher wie en Pleschderschdoo un hunn glei losgeleet: "Frau Holle die is ziemlich schwer, drum kommt sie selbert nicht hierher!"
Velleichd hätt garkooner vun dene Zuschauer was bemerkt, wenn der bleede Lehrer mich net oodauernd verbesserd hätt. So awwer hot alles laut losgelacht, un isch soin deswee' richdisch zornisch worn. So isses halt basseerd, daß isch amme Kabel hänge blebb soin un padauf längelang iwwer die Biehn gesegelt soin. Mit de Hand soin isch in e Schisselsche rot Farb gefall, des wo irgendwie vum Kulissemole do schdehe blebb war. En große Schlabbe vun der Farb is genau ins Gesicht vum Suffleur - der jo aach unsern Lehrer war - geschbritzt. Die Leit hunn gebrillt vor Lache, wie er wild mit de Arme rudernd, aus dere Versenkung uffgetaucht is.
Zugabe, Zugabe, hunn se laut geruf un wollde sich net meh beruhische, so ausgelosse hatt se moin Ufftritt gemacht.
Isch awwer, die kloo Schneeflock, hummisch vun de Leit feiern loss, war isch doch urbletzlich zum Biehneschdar uffgeschdeh.
Dodraus is zu entnemme, daß aach e blind Hinkel mol e Korn finne kann un dann mit de große Hunde pisse gehe derf.
„Es ist ein Ros entsprungen." Jedesmol wenn mer an Weihnachde des Lied oogeschdimmt hunn, hot mich moi Mudder oogeguckd un schdill gelächelt. Heit kann se net meh lächele, weil se aach des alde, scheene Lied net meh heern kann.
Orre velleichd doch? Velleichd werd des vun de himmlische Heerschare noch viel scheener gesung. Wer waaß?
So awwer bleibt des Schdiggelche moi Geheimnis.
Des haaßd net ganz, eich hunn isch's jetzt nämlich verzehlt.

Mit Selzwasser gedaafd

Badelust

Die Selz kann mer zwar net als Fluss bezeichne, jedoch fer schwimme zu lerne war se uns groß genug. Un mir hunn drin schwimme gelernt.
In de Näh vun's Kruge Mihl hadde mer als Kinn johrelang unsern Badeplatz. Mer hunn uns do so wohl gefiehlt wie annere Leit an de Kobbakabana.
Mer hunn des Flißche immer e bißje geschdaut un hadde so 's scheensde „Schwimmbad." Im Schutz vun de Weide un Pappele konnde mer uns en Summer lang - un die Summer warn domols noch arisch lang - aale un tummele. Ganz sauber war's Wasser aach domols schun net meh, awwer dief genug wars. Wer noch net schwimme konnt, den hummer oofach an Kobb un Aasch geschnabbd un plumps horrer - orre hot sie - in de Brieh gelee. Un was wollde se mache, se soin oofach ans rettende Ufer gepaddeld. Des war jo net aarisch weit. Kraul orre Brusdschwimme war do noch net in Mode.
„In" war domols de Hundstrabb. Halt, „in" war domols aach noch net in. Awwer wie gesaad de Hundstrabb.
Badekabine hots nadeerlich aach koo gebb. Hinner die neegschd Heck is mer gang um die Badehos orre de Badeoozug oozuziehe. Badehose? no ja, im weitesde Sinn. Umfrisierde Unnerhose, orre selbstgenähte Halblange warns.
Ofd soi mer aach naggisch noigehibbd um en Hauch vun Freiheit zu demonsdriern. Die Mäd soin dann immer eng zusammegerickd un hunn gegiggeld was es Zeig hält.
Soin dann die Mäd zum Umziehe hinner die Hecke verschwunn, hunn meer Buwe uns oogeschlech wie die Indianer um zu lubbere. No ja, so hot mer halt die erschde Schdudie vum menschliche Körber gemacht.

Weil in de Näh vum Badeplatz aach e paar Gärde warn, war de Ärjer jo vorprogrammierd. Die Leit hunn nämlich vun ehre Erdbeern, Gruschele Gehannstraube orre Karodde meerschdens net veel geernt.
Uns awwer hunn die konfiszierde Leckereie gut gedoo. Mir soin dodebei groß un schdark worn. Im Wasser awwer, soi mer vun Johr zu Johr dreggischer worn. So soi mer dann efdersch an de Rhoi gefahr fer zu schwimme. Jetzt hadde mer Gele'enheit zu beweise, was mer in de Selz gelernt hadde. Un siehe da, mer hunn aach in dem große Rhoi unser Prüfung beschdann.
Doch bald is aach der Rhoi immer dreggischer worn.
Koo Wunner, die Selz fließd doch in de Rhoi, un wo soll'en der Dreck bleiwe?
Ja, domols in de Jugendzeit wars klor. Heit kann mer nor noch mit Chlor iwwerlewe. Drum denke mer gern an die herrliche Zeide in de Selzflute zurick, an die Zeit wo mer mit Selzwasser gedaafd soi worn.

Owwe un unne

Bei de Geburt - ob arm, ob reich,
do soin die Mensche alle gleich.
Des Fläschje krien se un die Brust
un wachse dann no Herzenslust.

Doch werd erschd greeßer mol die Blos,
geht's mit de Unnerschiede los,
weil - mancher find' des garnet schee -
e paar iwwer de Annern schdeh'.

Wenn viele bleibe uff ehrm Schduhl,
gehn annern uff die Heher Schul
un mache so de erschde Schritt,
zu der Erhöhung - wie es Sitt.

Vun dene wachse noch e paar
noch heher nuff, wie's immer war
un sitze dann - ‘s wär Gottes Lohn -
hoch iwwer annern uffem Thron.

Schun frieher de Kaiser, ganz entzückt,
saß iwwerm Volke ganz entrückt.
Un selbsd de Papst, wie jeder waaß,
schdeds turmhoch iwwer allen saß.

Kriet er de Schduhl net abgesä't,
de Kanzler aach schdeds owwe „schdehd“.
Un aach de „Reiche“ - Gott erbarm -
erhebt sich iwwer die wo arm.

Doch schnell, so schnell vergeht die Zeit,
un irgendwann is's dann so weit.
Is aach im Lewe viel geglickd,
‘s werd gnadelos zurechdgerickd.

Ob owwe, unne, häßlich schee,
de Sarsch der schdehd uff ooner Heh,
so soin se widder alle gleich,
ob groß, ob kloo, ob arm, ob reich.

Winder

Winder, gibts den eigentlich noch?
So wie frieher wohl net meh. Orre bilde mer uns des nor oi?
Naa, isch glaawe net! Die Winder warn frieher länger un härder. Aach net alle Johr, awwer jedenfalls efdersch wie heit. Manchmol hot wochelang Schnee gelee. Was hadde mer do en Schbass mit unsere selbsdgebaute Kaschdeschleere beim Rodele. Owends hummer als die Bahn gewässerd, daß se aach jo am neegschde Dag schnell genug war. Die so präparierd Bahn war dann allerdings nor fer die Profis geeischend. „Bohne!
Bohne!“ hummer laud gekresch wenn mer do owwe an de Mihle runnergebredderd soin. Die Querrinne hunn dere Bahn noch en eigene Reiz gebb. Sechs, siwwe Meder soi mer als dorch die Lufd gefloo un dann krachend uff de Kufe geland'. Do hot's nadeerlich ofd Bruch gebb. Awwer Hammer un Nä'l hunn immer bereit gelee um des Vehikel werre zu flicke. Die kleenere Kinn soin die kleenere Hügel runnergerudschd un hann aach ehrn Schbaß. Am scheensde wars Owends, wenn mer mim Lenkbare - aach Eigenbau - erunnergedüsd soin. Zu siebd orre acht, manchmol noch meh, hummer druffgehang. Buwe un Mäd eng annenanner gedrickt. Dodebei soin dann aach glei die Weiche fer's schbädere Lewe geschdellt worn. Die wo dodebei die richdisch Wahl getroff hunn, denke wohl mit Freid an die Zeide zurick. Die annern? velleichd denke die, se wärn uffs Glatteis gefiehrt worn. Wer waaß?
Aach Schii soi mer gefahr. Oofache Bredder hummer dodezu benitzt, mit Blechschbitze vorne droo. Orre Faßdaue. Bindung? Ach was, e alt Ledderriemsche hots aach gedoo. Richtungsännerung war do nadeerlich net drin. Is mer uff e Hinnernis druffzugerast, hot mer sich oofach falle loss.

Es scheensde war bei uns des Schlittschuhlaafe. Schun Woche vorher hummer oogefang die Selz zu schdaue. Balke un Beem soin driwwergeleet worn un Schditzel soin enoigerammt worn. Die Ritze soi mit Schdroh un Meschd abgedicht worn. Als emol is aach ooner ningefall. Do hots dann gehaaß, schnell hoomlaafe, wär mer doch sunsd zum Eiszabbe gefror.

Bald war dann die riesisch Wissefläch iwwerflut un wenn dann de Frost kam, hadde mer e herrlich Eisbahn, die ihresgleiche gesucht hot. Hunnerde vun Mensche warn do Dag fer Dag uffem Eis, ob Sunndag orre Werkdag. Net nor junge, aach sehr viel alde.

Die oone hunn ehr Piruedde gedreht, die annern soin wie die Eisschnelläufer iwwers Eis geflitzd un widder annere hunn sich am Eishockey beteilischd. Nadeerlich mit gewachsene Bengel, die mer an de Weidebeem abgeschnett hot. Am Rand vun de Eisfläch hunn sogar manchmol aach Hännler geschdann un hunn Gliehwoi un Werschdcher verkaafd. Des war e Lewe un Treibe, wie mers sich heit garnet meh vorschdelle kann.
Wenn's lang genug kalt war, is aach die reißend Selz zugefror. So konnd mer die aach zum Warmlaafe benitze, nämlich als Oomarschweg.
So is des frieher als wochelang gang in unserm Winderschbordgebiet an de Selz.
Was hummer doch ferre Schneemänner gebaut un Schneeballschlachde geschlaa. Awwer 's Rad läßd sich halt net zurickdrehe, un so bleibt uns nor die Illusion vumme richdische, schdrenge Winder bei uns hier an de Selz.
Orre kimmt doch werre mol e Eiszeit?

Die Flasch

Die Flasch, des waaß doch jedermann,
benutzt mer schun sehr frieh.
Kaum, daß e Baby gucke kann,
schwubb, duds aach schun droo zieh'.

Viel Wachstum lei't in dere Flasch,
des Baby werd zum Kind,
en Bub zum Jüngling nochher rasch,
wie schnell die Zeit verrinnt.

Die Zeit geht hie, de Dorschd werd mehr,
schdoß oo mein Freund, schdoß oo,
die volle Flasche soin bald leer,
wer schdeerd sich schun do droo.

No Johre mer des Lewe zählt,
was zieh' se hie so schnell.
Isch hummersch annersd auserwählt
un zähl's no Flasche - gell!

Die Flasche

Die Flasche die soin sehr begehrt,
vor allem, die aus Glas.
Die volle, se wern schell geleert,
des Drinke macht viel Schbaß.

Gefillt mit Schnaps, gefillt mit Bier,
des Mannes Herz, es lacht,
mit Woi un Sekt, des wisse mir,
werd aach die Fraa entfacht.

Je greeßer so e Flasch dann is,
je besser fer de Dorschd,
denkt mancher Drinker ganz gewiß,
die kloone soin em worschd.

Des Drinke geht in Dur, in moll,
in Dur fällt's oom net schwer,
weil volle Flasche wundervoll,
moll - teent's erschd wenn se leer.

Es gibt aach Flasche wie mer waaß,
in Polidik un Schbort,
die mache uns jedoch koon Schbaß,
drum werfe mer se fort.

E wertvoll Flasch, des waaß mer halt,
voll Witz, voll Charm, voll Woi,
die is vun edlerem Gehalt,
schenk oi, mein Freund, schenk oi!

Traatscherei

Warum wern dann eigentlich immer nor die Fraue als Klatschbase bezeichend, während die Männer immer ugeschore wegkumme. Orre hot mer schun emol die Bezeichnung Traatschmänner geheert? Isch wißd net. Obwohl doch die Männer wohl genauso traatsche.
Isch hummer mol Gedanke gemacht, warum des so is. Eigentlich - so hunn moi Forschunge ergebb - is des ganz leicht zu erklärn. Die Fraue treffe sich nämlich immer uff de Gass, frei un offe, un soin somit aach fer jeden sichtbar.
So haaßd's dann aach glei: „Guck, do driwwe schdeh se werre, die Traatschbase!“ Un des, obwohl se velleichd nor berote, was se ehre Männer koche kennde.
Die Männer verhalle sich do schlauer. Die verschanze sich wie en Geheimbund hinnerm Schdammdisch, der jo ofd besser Traatschdisch haaße deed. Des derfsde dene Männer nadeerlich net saa, weil de's dann bei dene verschisse hesd bis in alle Ewischkeit.
Un wehe, wenn die ooner in de Kralle hunn, do bleibt koo gut Hoor meh droo. Der werd in de Luft verress. Ob Polidiker, Geschäfts- orre Privatmann. Do gibts koo Tabu, immer fesde druff. Vun hier losse sich aach wunderbar Gerüchde in die Welt setze. Niemand merkts, un niemand waaß wo's herkimmt.
Eigentlich is de Schdammdisch die wichdigsd polidisch Kraft, do schdeht voll un ganz die Recheboopresse dehinner. Zeidunge, die Schdammdischparole vermiddele, wern gern geles.
Zeidunge, die die Wahrheit schreiwe, soin net so gut gelett.
Die Wahrheit heert un liest mer net gern, weil die jo ofd unangenehm is. Die werd am Schdammdisch gern abqualifizierd.

Wie, so froo isch mich, kenne jetzt die Weibsleit vun ehrm Imätsch als Traatschweiber erunnerkumme?
Ganz oofach, indem se selbsd en Schdammdisch grinde. Also en weibliche, orre besser gesaad, en feminine. Des heerd sich besser oo. Am Schdammdisch werd mer wenischer wahrgenumm wie uff de Gass. Un was noch wichdisch wär, so kennde se aach helfe die Werdschafd oozukurwele, genau wie die Männer. Nor oons gibts zu bedenke, die Wertshausbänk soin aarisch hart un unbequem.
Was, fer die Männer aach?
Ja, awwer dene ehr Sitzfleisch hot sich dorch johrhunnerdelange Gewohnheit gentechnisch schun so umgeschdellt, daß se die harte Bänk sogar als waasch empfinne.
Awwer aach fer die Fraue deed sich do jo e Lösung finne losse. E gut gepolsderd Kissje wär doch die idealst un oofachsd Lösung. Des oonzische Problem is nor, wenn se gesieh wern, wie se mim Kißje unnerm Arm in die Werdschafd pilgern, haaßd's glei werre: „Aha, ewe gehn se werre tralaatsche!"

Die Hemdhos

Frieher hunn die Vereine jedes Johr en Dagesausflug gemachd. Oon Dag, meh war do net drin.
In de Taunus, in de Schbessart orre in de Hunsrick.
De Bus war immer gerabbeld voll un no'm Frihschdick is die Schdimmung meerschdens uff em Hehepunkt gewes.
Der Ausflug, vun dem isch eich verzehle will, is in de Orewald gang. In Bensem isses Frihschdick oigenumm worn. Dodebei soin nadeerlich aach e paar Bergschdräßer Halwe die Gorjel enunnergefloss'. Dodenoo isses weidergang ans Felsemeer.
Die ällere Mitfahrer soin in die neegschd Kneip gang un hunn de Schdoohaufe vum Tresen aus unner die Lup genumm. Die Jingere awwer soin iwwer die große Felsbrocke uffwärts gekrawweld. Debei war aach de Erich, en lusdische Borsch.
Wie er jetzt so en große Schbreizschritt gemachd hot, issem - ritsch-ratsch - die ganz Hos unne un hinne uffgeress.
Die wo hinnenoo kumm soin, hunn net schlecht geschdaund wie do bletzlich die Backe blankgelee hunn. Isch moon jetzt net die im Gesicht, die leie jo immer blank. Halt die annere.
De Erich hatt soi lieb Mih werre an de Bus zu kumme. Im Bus drin isses jo gang, do hot er kenne uff dem Corpus-delicti sitze bleiwe. Beim Ausschdeie awwer, am neegschde Schdobb, harrer net genug Hänn um des Leck abzudichde. In Grasellebach is zu Middag gess worn. Hauptthema war nadeerlich die verisse Hos. Vor allem die Weibsleit hunn alsfort gefrozzeld „Erich, loss emol de Mond uffgeh!“ so isses in ooner Tour gang.
Schließlich hot sich die Rina, die soi Mudder hätt soi kenne, erbarmt. Vun de Wertsfraa hott se sich Nodel un Garn gewwe losse un hot zum Erich gesaad: „Mach koo Fissemadende un lee dich uff de Disch!“
De Erich hot korze Fuffzeh gemachd, un zack, horrer bäuchlings uffem Disch gelee. Wie en Chirurg is die Rina dann zur Tat

geschrett. Weil se awwer aach schun e paar Halwe indus hatt, hot se dem arme Deiwel als emol in den edle Teil geschdoch, was immer en laude Uffschrei vum Erich provozierd hot. Fer die Zuschauer war des Ganze nadeerlich e Mords-Gaudi un jeden Uffschrei hunn se begeisderd beklatschd.
Schließlich war des Werk jedoch beend' un de Erich hot sich befreit erhob. Endlich war de Allerwerdesde werre bedeckt. Er hot soine hinnerlisdische Retterin gedankt un hot aach glei noch e Rund schbringe losse. An dem Dag isses dann noch ganz schee rund gang, un als de Bus dehoom oogeleet hot, hann se all ganz schee ooner im Dibbe.
Wie de Erich awwer soi Hos dehoom ausziehe wollt, horrer gedenkt: Nanu, die geht jo garnet runner? No längerem Schdudium horrer dann gemerkt, daß Hos, Unnerhos un Hemd zusammegenäht warn. Er hatt also e richdisch Hemdhos. Body, deed mer heit saa. Erschd wie er mit viel Mih aus em Hemd geschlubbd war, soin aach die Hose gefall.
Nochher hatt er so en Schbaß an der Hemdhos, daß er se dann immer bei de Ausflüg oogezoo hot. Er hot sich nämlich gesaad, daß dodorch die Hose net runnerrudsche deen un somit aach en große Schbreizschritt ohne Folge bleibe deed.
Er wollt sogar die Hemdhos -"Ala Rina"- am Padendamt oomelle. Des horrer awwer dann doch soi losse, weil er gemoont hot es deed lange wenn's ihm nitze deed. Scheinbar hot's genitzt, hot mer'n doch nie meh mit erre verresse Hos gesieh.

De Beginn vun de EG

Korz no'm zwaade Weltkrieg, isch war 14 Johr alt, hot sich bei uns e Geschicht zugetraa, die mir ewisch in Erinnerung bleiwe werd.
No dem lange Krieg un dene viele Entbehrunge, hadde die Leit en große Nachholbedarf in Sache Unnerhaldung. Die oonzisch Unnerhaldung war in dere Zeit de Gang in die neegschd Kneip. Sunsd gabs jo kaum was imme Dorf, awwer Kneipe, die gabs domols jede Menge.
Jetzt muß mer wisse, daß mer domols in de franzeesisch Besatzungszon gelebt hunn. En Erlass hunn die Franzose 'erausgebb, daß um halb Zeh owends Schberrschdund wär un do also Jeder dehoom soi mißd.
Amme scheene Summerdag war's, un isch war mit meine Geschwisder elloo dehoom, weil die Eldern, mitsamt em Oba, beim Dicke in de Wertschaft warn. Em halb zeh wollde se dehoom soi, we'e de Schberrschdund.
Isch hunn uff die Uhr geguckd un gedenkt, jetzt mißde se bald kumme. Es is halb worn, dreiverdel un ganz, doch se soin un soin net kumm. So langsam is mer's ganz mulmisch worn. So korz no Zeh is dann ooner die Gaß eruff kumm un hot mitgebrung, die Franzose hädde iwwer fuffzisch Leit in de verschiedene Werdschafde verhafd un mim LKW abtransspordierd. Mir is ganz schee de Schreck in die Glieder gefahr, hunn isch mer doch die dollsde Vorschdellunge gemachd, was die jetzt mit de Eldern un em Oba ooschdelle.
E bißje schbäre is dann bekannt worn, daß se im Nochberort ingeschberrd worn wärn. Schdunnelang hunn isch mit meine jingere Geschwisder rumgehockd un Befreiungsplän geschmied'.
Es is uns awwer koon rettende Infall kumm. Schließlich soi mer dann ingeschlof.

Am neegschde Dag soin isch dann mojens glei mim Rad ins Nochbarort gefahr um no'm Rechde zu gucke. Gottseidank warn die Eldern bei besder Gesundheit un de Oba hann se grad frei geloss. Der wär zu alt zum Schaffe, hunn die Franzose gemoont. Alle annern Gefangene awwer mußde fer die Franzmänner schaffe. Die Männer hunn misse Holz sä'e, die Weibsleit hunn misse Kardoffel schäle un Gemies butze. Owends, no getaner Arwet durfde se werre hoomgeh.

Was warn meer so foh, als die Eldern werre dehoom warn un mir die Ängschd iwwerschdann hadde.

Die „Zwangsarbeiter" awwer hunn trotz allem gelachd un gemoont die „Gefangenschaft" wär ganz unnerhaldsam gewes.

Vor allem die Iwwernachdung im Schbeicher vum Rothes wär e Mords-Gaudi gewes. Des Erlebnis war dann noch johrelang Geschbrächsschdoff im Ort. Schbäre hatt sich 'erausgeschdellt, daß die Franzose aach in annere Orte Leit mitgenumm hadde.

Mer hot aach rauskriet, daß die Filous oofach ehre Uhre e halb Schdund vorgeschdelld hadde um ehre Opfer zu täusche.

So wollde die Franzose ihr Werdschaftspolidik bei uns integriere. Awwer mir Rhoihesse soin jo aach net vun geschdern un hunn prompt reagiert.

Wenn die Franzmänner irgendwann ookumm soin, hunn se nor leere Werdschafde vorgefunn. Kaum warn se awwer fort, soin die Leit aus alle Ecke geschdrehmt kumm un hunn sich gesellisch in de Kneipe zusammegehockd.

So hunn misse die Franzose ehre Brennholz werre selbert sä'e un aach 's Gemies un die Kardoffele hunn vergebens uff die „Gefangene" gewaad. So hunn se ehr Werdschaftspolitik werre umgeschdellt un sich gemeinsam mit uns Deitsche in de Wertschaft getroff. Wenns dann Zeit war zum Hoomgeh, hunn se gesaad: „Eh - geh!"

Des war dann wohl de Oofang vun de EG.

De neie Oozug

En Oozug hot de Karl gebraucht,
er geht zum Schneider Bliss.
„En gude“, seed er, „der was dauchd,
un net zu deier is!“

No knabb vier Woche wars soweit,
der Oozug war komblett,
er zieht en oo glei voller Freid,
rennt hoom zu seiner Sett.

Wie die en sieht, do kreischd se uff:
„Oh Karl, wie siehst du aus,
der Oozug is jo wohl en Bluff,
die Hose soin en Graus!“

„Des oone Hoseboo, oh Gott,
is länger e ganz Schdick,
des anner kerzer, sapperlott,
sofort bringsd'n zurick!“

De Karl macht uffem Absatz kehrt,
rennt hie zum Schneider glei,
un seet zu dem, 's wär unerheert,
die Hos net passend sei.

De Schneider guckd en oo un nickt:
„Ach was, des krie mer hie,
des oone Boo no rechts gerickt,
schun dud mer's net meh sieh!“

De Karl der kimmt zum zwaade Mol
zu soiner Sette hoom,
die schdeend: „ Daß den de Deiwel hol,
wo gibts dann so en Krom!“

„De Jackeärmel rechts gewiß,
des sieht doch Jeder wohl,
viel länger als de linke is,
isch waaß net was des soll!“

De Karl rennt widder zu dem Borsch
un reklamierd de Jack.
Jedoch de Schneider, der is dorch
un seed zum Karl: „Zack, zack,

du beugsd dich oofach scharf no links,
un glei schun wersde sieh’,
ei mit de Ärmelläng schun schdimmt’s,
des krie mer schbielend hie!“

De Karl, er kimmt zum dritte Mol,
zu seiner Sett - ganz krumm.
Wie die en sieht, wie’n kranke Voo’l,
do isse erschd ganz schdumm.

Dann schreit se: „Mensch der Jack der is,
aach hinne viel zu lang,
zeh Zennimeder ganz gewiß,
do hosde was gefang!“

De Karl rennt widder hie zum Bliss,
jetzt ärjerts'n schun sehr,
un moont, des wär jo wohl gewiß,
e saumäßisch Malheur.

De Schneider jedoch moont: „Ach was,
des krie mer doch ruck-zuck,
beug dich mol vor, ganz ohne Schbaß,
schun isser weg der Druck!"

De Karl no links, no vorn gebeugt,
geht hoomwärts halber krank,
zwaa alde Dame - wie's bezeugt,
die sitze uff de Bank.

Un wie die Oo den Karl so sieht,
do seed se: „Ach wie schlimm,
wie des den Mann do zamme zieht,
ei mir versagt die Schdimm!"

Die anner awwer keift zurick:
"Ach mach so koo Geknodder,
oons muß mer'm losse, zu soim Glick,
en gude Schneider hot er

Iwwer die Schulder geguggd

Die Kerz

Kerze verbreide so e zardes, ooheimelndes Licht. Aach de Duft den so e Kerz ausschdreemd geht dorch Mark un Boo. En Hauch vun Romantik bringt des ins Haus.
Mir schdelle ofd e Kerz uff de Disch un schdecke se aach oo. Meerschdens schweife ḍann die Gedanke zurick in die Vergangenheit. Moi Eldern falle mer dann immer oi. Die hadde so e ganz groß Kerz in de Schdubb schdehe. Zu de Silberhochzet hadde se die geschenkt kriet. Dick war se wie e Lidderflasch.
Zu jedem greeßere Fescht hunn se die „Dick Berta“ - so hunn se die Kerz genennt - oogeschdeckt. Richdisch feierlich war des immer. Zu Geburdsdage, Hochzedde un Daafe, immer hot die Kerz geleicht. Besser gesaat, geschdrahlt. Des warn jo alles freidische Ooläß. Aach wie isch moi Gretsche geheirat hunn, hot se uns hoomgeleicht. Dodebei hummer uns im Schdille gewinschd, daß se uns Sege bringe soll mit ehrm traulische Licht.
Viele scheene Fesde hummer so gefeierd beim Schoi vun de „Dicke Berta“, un se hot unsere Familie werklich Glick gebrung. Aach zu de Goldene vun de Eldern un zum Vadder soim 75 sde hot die Kerz geschdrahlt wie en Butzoomer.
Dann awwer - des is halt de Lauf vum Lewe - is bletzlich de Vadder geschdorb. Dodenoo war die Mudder ganz in sich gekehrt. Die Kerz awwer hot se aach weider owends oogeschdeckt, un als emol isser e Trän de Backe erunnergeloff.
Aarisch alt isse worn, die Mudder.

Neegschd 90 Johr war se, als se vun uns gang is. Schdill un unuffälisch - so wie se gelebt hot - isse niwwer gang ins Jenseits. Die Kerz, die e erfillt Lewe mit ehrm Glanz begleit' hot, war zu dem Zeitpunkt neegschd ganz abgebrennt.
An de Beerdischung hummer se zum letzde Mol oogeschdeckt. Den letzde Rest, en ganz kloone Schdummel, den losse mer zum Oodenke an unser Eldern schdeh. Gleichzeidisch soll er uns Symbol fer e intakt Familie soi.

Zeit

Kinner wie die Zeit vergeht,
Kinner wie die Welt sich dreht...
So haaßd de Oofang vumme alde Schlager.
Un die Zeit vergeht, obs uns recht is orre net.
Do läßd sich nix, awwer aach garnix dro ännern.
Die Zeit is uns deier.
Drum seed mer aach oft: „Der sieht aus wie die deier Zeit!“
Die Zeit erinnert uns, iwwer die Uhr, dauernd an unser Schderblichkeit. Schun bei de Kinn fängt die Zeit oo ihr Schbielsche zu treiwe.
„‘s werd Zeit, daß mer des Kind in de Kinnergaade schicke!“
E bißje schbäder haaßd's: „Eil dich ‘s werd heegschde Zeit in die Schul zu geh!“
Dodeno werd's Zeit fer die Ausbildung.
Hot die Zeit bis dohie sich noch sehr moderat verhall, so fängt de Uhrzeiger jetzt ganz schee oo zu renne.
Jetzt fängt die Zeit oo ehr ganz Macht auszuschbeele. Immer schneller folgt oo Ereignis em annere.
Es werd Zeit zu heirade!
Es werd Zeit e Haus zu baue!
Es werd Zeit Kinner zu krie!
Es werd Zeit, daß mer was iwwerkimmt!
Dann haaßd's: „Zeit is Geld!“
Awwer eher hot mer heit noch Geld als Zeit.
Mancher hot noch net emol Zeit dir die Zeit zu biete.
Zum Handwerker seesde: „Loß der Zeit!“
Awwer denke dusde: „Isch kann die Zeit net erwarde, wo er ferdisch is!“

Zeitlebens geht des so.
Zeitlos, des gibts net. Jederzeit verfolgt dich die Zeit.
Die Zeit werd sogar zum Dokder, seed mer doch: „Die Zeit heilt Wunden!“
Wersde älder, werd vun Zeit zu Zeit aach e Fesd gefeiert.
Irgendwann - wenn de's erlebst - werd's Zeit Silberne, Goldene, Diamandene Hochzet zu feiern.
Wenn die Zeit net aus de Fuge gerät, feiersde aach e paar runde Geburtsdage. Dodenoo hot dich de Zeitraffer dann richdisch in de Kralle. Je äller de wersd, umso meh hot dich die Zeit am Wickel.
Jetzt werd's Zeit 's Testament zu mache.
De Zeitgeist nimmt do koo Ricksicht.
Die Uhr, sie tickt immer schneller.
Wie gern deed mer se als emol oohalle die Zeit, awwer do gibts koo Rezept defor.
Die Zeiger renne un renne, bis es oones Dags haaßd: Doi Zeit is abgelaaf!
Irgendwann schleed jedem die Schdunn.
Dann geht die Zeit iwwer in Ewischkeit.

Schicksal

E Kreet die sitzt im hohe Gras,
am Teich un quakt voll Lust.
Ach macht des Lewe doch en Schbaß,
so teent's aus voller Brust.

Die Dämmerung, sie bricht eroi,
die Kreet guckt faszinierd,
dort uff die Lichterkett, wie foi,
die uffleicht wie geschniert.

Die Kreet hibbd froh zur Schdroß, hopp, hopp,
vun Nohem will se's sieh,
was ferre Lichder im Gallopp,
do dorch die Nacht du' zieh'.

En Freideschbrung, zack uff die Gass,
des geht ganz leicht un glatt.
Doch Audos kenne halt koon Schbass,
was war die Kreet so platt.

Ihr Lewe haucht se ganz schnell aus,
de Fahrer merkt des net.
Die Schdroß fer ihn de Weg nach Haus;
fer sie war's Dodebett.

Vum Schbeck

Frieher war de Schbeck, ihr liewe Leit,
beliebt un aach begehrt.
Ganz annerschd in de heidisch Zeit,
de Schbeck is nix meh wert.

Abschbecke dud mer iwwerall,
Diät - so schallt's dorchs Land,
die Magersau schdeht schdumm im Schdall,
muß fasde, was e Schand.

Wo awwer Leit, isch frog's mich heiß,
nimmt mer die Schbeckseit her?
zu fange all die viele Meis,
was ohne Schbeck fällt schwer.

„Meis“ zu mache mit viel Schbeck,
do brauch mer net viel Mut,
weil halt die Pfunde misse weg,
leefd do de Markt sehr gut.

Abschbecke is de Modetrend,
un des in jeder Art,
die Firme trenne sich behend,
vun Leit - do werd geschbart.

Oonesdaals de Schbeck verpönt,
doch seed mer zu de Borsch:
„Ran an de Schbeck - un net gegähnt,
sunsd seid er unnedorch!“

Un bald schun leit im Kinnerwaa,
e Baby rund un keck,
un runderum teent's mit Trara:
„Wo hot dann 's Kind soin Schbeck?“

Wer fängt oo?

Die Welt mißd mer ännern,
jetzt odder nie,
die Ökologie,
sie is sunsd bald hie.
Wenischer Audo fahrn,
wenischer Flugzeich flie',
mit Wasser meh schbarn,
am gleiche Schdrang zieh'.
  Mer mißd soviel Sache
  hald annerschder mache.
  Mer sollt's halt probiere,
  mer mißd reformiere.
  Am besde noch heit.
  Auf, auf drum ihr Leit!
Wer fängt demit oo,
dreht's Schdeier mol rum,
geht eisern mol droo,
wer hot soviel Mumm?

Was? isch soll demit beginne?
Isch glaab ihr seid vun Sinne!

Muß des soi?

„Also Karl!“ saad de Franz, „Mer kanns drehe wie mers will, uffs Audo kann mer net verzichde!“
De Karl hot dief Luft geholt - soweit mer bei dere Luft wo heit als emol herrschd vun Luft schbreche kann - un hot dann gemoont: „Unser Kinn kenne jo bald koo Luft meh hole vor lauder Abgase!“ Aussichde uff Besserung gäbs aach koo, hot er gemoont, im Gejedaal, vun Dag zu Dag deeds schlimmer wern. Oon Schdau deed de annere jage, un die Fahrzeuge kennd mer jo eigentlich oft nor noch als Schdehzeuge bezeichne.
„Ei die Schdaumeldunge im Radio dauern jo bald länger wie's normale Programm!“ hot er weidergeschennt. „Un dauernd schdeigt die Luftverschmutzung noch oo!“
„No un!“ hot de Franz entge'ent, „Die Aktie schdeige aach!
un schdeige is doch besser wie falle orre?“
„Un dann!“ hot er weidergemoont, „Was brauche mer dann e sauber Umwelt, mer hocke doch eh de ganze Dag in dere Blechkist, un hocke mer mol net drin hocke mer vor'm Fernseher!“
„Uff jeden Fall“, saad er, „Brauch die Audoindusdrie Wachstum, sunsd reißd's de Arbeiter noch e greeßer Loch ins Portmonä! - Des wär jo noch schlimmer wie's Ozonloch, des wo mer jo sowieso net sehe!“
„Also, oofach net droo denke, de liewe Gott werd's schun richde!“ So hot er gesaad, de Franz, is in soin Karrn geschdeh un hot de Oolosser betädischd.
„Wo willsde dann hie?“ hot de Karl gefroot.
„Ooch, grad niwwer in de „Griene Boom“, e paar Halwe

drinke!
hot er gelacht.
„No, die paar Meder hesde aach kenne laafe!“ hot en de Karl oogeraunzd. „Freilich hätt isch gekennd!“ hot de Franz geruf, „Awwer die Luft do drauß is mer zu schlecht zum Laafe!“ Dann hot er uff de Bensel getret, un fort war er, e dick Abgaswolk hinner sich zuricklossend.
De Karl hot nor de Kobb geschiddeld, is dann aach in soi Audo geschdeh um uff de Kerchhof zu fahrn. Jetzt kennt mer jo froo ob des aach soi mißd. Awwer so wie isch de Karl kenn, deed er beschdimmt saa, daß er die Gieß im Kofferraum hätt, un weil er schwerbehinnert wär, die net traa kennd.
Dann kennd mer nadeerlich noch emol nochfroo, wie des mit der voll Gieß uffem Kerchhof wär? Ob er die aach net traa kennt?
Awwer losse mer's debei, sunsd kumme mer noch ins Philosophiere un oones dags is sowieso alles im Oomer, orre in de Gieß.

Gude Geschäfde

E echd geschdanne Fraa mer waaß's,
schdehd iwwerall ehrn Mann,
obs Wedder kalt is orre haaß,
ob groß, ob kloo die Pann.

So aach die Lisbeth wissawie,
die is ganz schee robusd,
sie ferchd sich net vorm greeßde Vieh,
des drickt se an die Brusd.

Ei selbsd vorm große Elefant,
hot se koo Ängschd, ach wo,
den fidderd se mit zarder Hand
un leeft em furchdlos noo.

Doch jingsd erteent en schrille Schrei,
voll Ängschd, voll Histerie,
„Des werd doch net die Lisbeth soi?"
isch denk, isch renn mol hie.

Un wie isch dorch die Dier noikumm,
seh isch die Lisbeth gleich,
dort uffem Schduhl danzd se druffrum,
ganz blass un schreckensbleich.

Un unne sitzt, kaum kann mer's seh,
e Meisje, kloo un schbitz,
un ängsdlich guckts, mer kann's verschdeh,
noo Reddung, no me Ritz.

In Dodesangsd des Meisje guckt,
die Lisbeth awwer aach,
wie se mich sieht, hot se gezuckt,
un sofort kam die Fraach:

„Wo kriet mer'n schnell e Mausefall?"
Isch saa: „Beim Karl-Franz Schier!"
Sie widder: „Gleich renn isch zum Karl,
un kaaf glei Schdicker vier!"

Se hot die vier beim Karl gekaafd,
der glei die Hänn sich reibt,
un dann zum Großhannel er laafd,
un e Beschdellung schreibt.

Die Lisbeth - denkt de Karl ganz schlau -
hot neegschd Woch Kaffeeklatsch,
un zwanzisch Weibsleit soins genau,
des geht doch in oom Ratsch.

So hunnerd Mausefalle wohl,
verkaaf isch do ganz schnell,
des G'schäfdsche lohnt sich, ohne Kohl,
fer mich uff alle Fäll.

Dann rufd er voller Freid laut aus:
„Erhall uns Herr, wie klor,
die Ängschd der Fraa vor der kloo Maus,
wenn's geht noch dausend Johr.

Die Schwiejermudder

Schwiejermudder! Wer des Wort heerd zuckt sofort erschreckd zusamme.
Schwiejermudder! Des klingt so e bißje no Unheil, Schreck un Unnergang. Wenn des Wort Schwiejermudder erteend, kimmt sofort e Warnung.
Hocksde beischbielsweis amme Disch direkt am Schdembel, haaßd's sofort: „Rick uff die Seit, sunsd kriesde e bees Schwiejermudder!"
Des Wort Schwiejermudder ranschierd im Rang glei no Satan, obwohl der jo männlich is.
Mer heerd aach immer nor vun de Schwiejermudder. De Schwiejervadder werd immer nor ganz beiläufisch erwähnt. Des is also prakdisch e Null. Der exisdierd garnet.
Was bassierd also, wenn so en junge Borsch e Märe - orre e jung Märe en Borsch kenne lernd?
De erschde Blick - des is klar - gilt nadeerlich em Partner.
De zwaade Blick awwer gilt - no, ihr werds schun ahne - de Schwiejermudder.
Was hot se fer e Gemiet?
Was fer e Figur hot se?
Kann se gut koche?
Hot se Hoor uff de Zung?
Endlos is der Katalog vun kritische Frage.
Beim Schwiejervadder interessierd nor oons; hot er Geld?
Aach die Schwiejermudder ihrerseits, betracht nadeerlich des junge Gemies mit kritischem Blick.
Besonners die Schwiejerdochder werd vun alle Seite unner die Lup genumm. Mer beriechd sich, beschnupperd sich, umschleichd sich, schdelld sich Falle , bekriegd sich un versucht sich gejeseidisch uff's Glatteis zu fiehrn.
Die Heirat verschlimmerd des ganze noch, kried doch die jeweilisch

Mudder, die jo iwwer alle Zweifel erhabe is, ihrn geliebde Sohn - ihr geliebd Dochder - weggenumm. Die Mudder, die immer so gut gekochd hot. Die immer die Wäsch so schee weiß gewäsch hot, die oom alle Probleme vum Hals gehall hot.
Jetzt is mer also gezwung sich in die Kralle vun dere beese Schwiejermudder zu begewwe, odder awwer uff soi Geliebte - uff soin Geliebte - zu verzichde.
E Schwiejermudder is immer bees.
So saan's wenigsdens all die viele Lieder un Gedichde, die's iwwer die Schwiejermudder gibt.
Doch was willsde mache? du mußd in den sauere Abbel beiße.
Orre uff doin Ehepartner verzichde. Also machsde die Aa zu, ergibsd dich in doi Schicksal un dricksd des - ach so fremme - Wese an die Brust.
Un siehe da, glei dusde doi Vorurteile reviediere.
Aach e Schwiejermudder - so schdellsde fest - hot e Herz, genau wie doi Mudder, is doch e Schwiejermudder net nor Schwiejermudder, sondern aach Mudder. Un aach des Herz vun de Schwiejermudder schleed voll Lieb un voll Freid. Genau wie deins un des vun deine Mudder.
Beglickd gucksd er in die Aa un pischpersd er ins Ohr: „Uff gudes Gelinge, Schwiegermama!"

Pimpfe

Zeh Johr war isch alt, als isch zum Jungvolk „oigezoh“ worn bin. ‘s Jungvolk, des warn die jingsde Soldade vum Hitler. Schun in de Schul hummer jo derfe „Heil Hitler“ rufe.
Jetzt awwer, bei de Pimpfe, wars geradezu Pflicht dem Hitler Heil zu winsche. Mer hunns em solang gewinscht, bis er ausge-heilt hatt.
Beim erschde Treff, mer warn Schdicker dreißisch Buwe, war des noch en richdische Sauhaufe, wie mer in de Militärschbroch seed. Awwer vier Woche schbäder soi mer schun marschierd wie die Soldade. Gesung hummer wie die Bechmänner: “Es zittern die morschen Knochen!“
Zackisch, in scheene Uniforme, an de Seit ‘s Fahrtemesser, so soi mer dorch die Gasse marschiert. Oo - manchmol aach zwaamol in de Woch - mußde mer ootrede. De Fähnleinfiehrer hot dann de Tagesbefehl ausgebb. Am Schluß hot er immer markisch geruf: „Verstanden Männer?“ „Jawoll Herr Fähnleinfiehrer! hunn mir dann genau so zackisch geantwort.
Verstanden Männer! wenn isch do heit noch driwwer noodenk muß isch immer schmunzele. Zeh bis zwölf Johr alde Männer. Ach du liebes bißje, un dehoom hunn dann die „Männer“ die Hose schdramm gezoo kriet. Trotz Uniform un Fahrtemesser. Awwer des war schnell vergess un ‘s neegschde Mol isses genauso weidergang mit dem martialische Getue.
Pimpfe sind hart wie Kruppstahl! odder Pimpfe sind hart, schweigsam und treu! die Losunge soin der nunnergang wie Eel. Fer viele is de Hitler zum Familievadder worn. So soi mer also schun als Kinn vum Hitlerreschiem veroinahmd worn.
Mer soin aach uffgeforderd worn dehoom uffzubasse, ob die Eltern aach koo Feindsender heern. Wenn mer was merke deede, sollde mer des sofort melle. So also hunn uns die Nazi schun als Kinn am Bennel gehatt. Wie mer zwölf Johr alt warn, hummer sogar

Schießunnerricht mim Luftgewehr kriet. Mim Herz war mer do schun Soldade. Gottseidank - awwer des hummer erschd schbäder begriff - mußde mer koo meh wern. Korz vor'm Kriegsende nämlich - mer hunn immer noch an de Sieg geglabbd - is en SS-Offizier zu uns in die Klass kumm. Er wollt uns vormerke fer em Hitler soi Elite. De Lehrer hot gemoont, daß des dann doch e bißje weit ging. Der Offizier jedoch hot en oogekresch, wenn er net ruhisch wär deed er an die Wand geschdelld wern.
An de Wand hunn mir jo aach als schdehe misse, als Schdrof.
So hummer also gedenkt, daß des dem Lehrer aach nix schadde kennd. Des „An die Wand schdelle" wo der Offizier gemoont hot, des hummer domols noch net gerafft. No ja, mer mußde net meh zu de SS un aach net meh zu de Soldade, weil korz druff die schwere Ami-Panzer dorch die Dorfschdroße gerollt soin un dem Nazi-Spuk e End gemachd hunn.
Heit denk isch als noch emol mit Schrecke an die Hitlerzeit zurick, die uns soviel Unheil gebrung hot. Des erkennt mer allerdings erschd schbäder, wenn mer e bißje meh vum Lebe gesieh hot. Wie schnell, kann mer vun so me Raddefänger betroge un iwwers Ohr gehaa wern.
Drum - wenn's uns aach noch so dreckisch geht - sollde mer schdeds fer Friede un Freiheit oitrede. Un des is nor imme demokratisch regierte Land meechlich.

Gefangene

Wie de Krieg zu End ging war isch dreizeh Johr alt.
Isch hunn also e bißje was mitkriet vun dem grausame Geschehe, wenn isch aach noch en Bub war. Besonders soi mer die Gefangene uffgefall. Fer uns - awwer aach fer die Erwachsene - warn Gefangene was Fremdes un Ungewohntes. Mer hatt jo frieher koo Gele'enheit in de Welt rumzureise, un so warn die Franzose, Engländer, Russe, orre Pole fer uns wie Wese vumme annere Schdern. De Franzose isses jo bei uns einigermaße gutgang, genau wie de Engländer orre de Ami. Die Pole hadde do schun meh zu leide. Die wo bei me Bauer uffem Land geschaffd hunn, konnde sich noch „Von" schreibe, hadde se doch wenigsdens was zu esse. Am Disch vum Gastgeber mitzuesse war ne nadderlich unnersagt. Doch viele vun dene Bäuerinne - die Bauern warn jo meerschdens an de Front - hunn sich net an die Vorschrifde gehall un hunn die „Buwe" am Familiedisch Platz nemme loss. „Wer mit uns schaffd, der soll aach mit uns esse!" hunn se gemoont. Owends soin dann die Gefangene werre abgeholt un ins „Gefängnis" geschberrt worn. Dort wo's niemand gesieh hot, hunn se aach als emol ihr Schmiss kriet, je no'dem was fer e Wachpersonal do war.
Mer waaß jo, daß es iwwerall so erre un so erre gibt. Gude un Schlechde. Franzose un Engländer hunn derfe aach als privat iwwernachde. Do hot's dann aach schun emol des oo orre anner Techdelmechdel gebb.
Am schlimmsde warn die Russe droo. Vun de Nazis soin die als Unnermensche tituliert worn. Die soin also noch no'm Hund kumm. Die dreckischsde un schwersde Arbeite mußde die verrichde. Un weil se am meerschde schaffe mußde, hunn se am wenigsde zu esse kriet. Vun dene soin Viele verhungerd.
In de Schdadt hunn isch emol so en Trupp Russe gesieh. Vun zwaa Soldade mit uffgepflanzdem Bajonett, soin se dorch die Gasse gefiehrd worn. Uff de Schdroß hunn grad die Mülltonne zum

Ausleern geschdann. Uff ooner Tonn hunn e paar rohe Kardoffel-scheelse gelee. Glei hunn sich e paar vun dene Russe do druffgeschderzd un hunn die Scheelse mit Heißhunger verschlung.

Ooner vun dene Posde, der war schun e bißje äller, hot schnell en annere Weg geguckt. De anner awwer is ebeigeeilt un hot die mim Gewehrkolbe vum Fudderplatz vertrebb. Die Leit sollte wohl net sieh wie ausgehungerd die arme Deiwel warn. Was muß es Mensche so schlecht geh wenn se Scheelse aus de Mülltonn verzehrn, hunn isch domols gedenkt.
Woche schbäder - isch war fer e paar Dag beim Ungel in de Schdadt - hatt isch noch emol so e Erlebnis mit Russe. Beim Ungel in de Näh war e Schbrengbomb gefall un hatt aach soi Wohnung aarisch verwüsd. So hot er zwaa Russe zugedaald kriet, die beim Uffroome helfe sollde. Se hunn gut geschafft. De Oo war sogar Schreiner, un so hot er aach glei die kabuddene Fensder repariern kenne. De Ungel war zwar en schdramme Nazi, awwer dene Russe ge'niwwer hot er sich ooschdännisch verhall. Bevor se owends abgeholt soin worn, hot er ne Gele'nheit gebb sich emol richdisch satt zu esse un sich emol zu wäsche wie sichs geheerd.
Noch heit denk isch an die dankbare Blicke vun dene zwaa Russe. So hunn isch's erschde Mol erlebt, daß mer sich schun mit emme Schdick drugge Brot Freunde schaffe kann. Zu, wenn mer Hunger hot. Awwer domols wie heit gibts Mensche, dene aach noch des schwer fällt. Viele nenne sich sogar Christe.
Awwer des kenne doch koo Christe soi? - Orre?